D1665287

Bärige Geschichte(n)

Martin Reiter
Thomas Naupp

Bär *ige* Geschichte(n) aus Tirol

Von den Steinzeit-Höhlenbären bis JJ1

Edition Tirol

Bildnachweise
Umschlag vorne: Braunbär – MEV-Verlag, Augsburg
Umschlag hinten: Höhlenbären aus der Tischofer Höhle
im Heimatmuseum auf der Festung Kufstein – Festung Kufstein

Archiv Reiter Martin: S. 49, 70/71, 75, 80/81, 84/85, 87, 91,
95, 97, 115, 126, 127, 134, 136, 138, 145, 147, 158, 159, 160
Archiv Stift Fiecht: 56, 59, 61, 63, 65, 72, 77, 99, 101,
103 (2), 104/105, 108/109, 111, 112/113, 114
Festung Kufstein: S. 12 (2)
Lorenzetti Eusebius: S. 7
MEV-Verlag: S. 20/21, 24/25, 30/31, 38
Schieferer Walter: S. 6
TVB Imst-Gurgltal: S. 66
TVB Region Hall-Wattens: S. 69
www.wikipedia.org: S. 9, 14, 15, 16, 35, 37, 41, 45, 47, 53

Die Deutsche Bibliothek – CIP-Einheitsaufnahme
Naupp Thomas, Reiter Martin: Bärige Geschichte(n) aus Tirol –
Von den Steinzeit-Höhlenbären bis JJ1.
Thomas Naupp, Martin Reiter – Reith im Alpbachtal:
Verlag Edition Tirol, 2006
ISBN 3-85361-113-3

1. Auflage 2006

© Edition Tirol

Inhaltsverzeichnis

*Beim „Bärenwirt" im Osttiroler Ort Assling begegne-
te Autor Martin Reiter diesem Bären, der sich einst im
Wildpark Assling verwöhnen ließ.*

Bärige Grüße aus Tirol

Die Autoren Pater Thomas Naupp und Martin Reiter.

Kindesmissbrauch, Raubmord, Promiaffären, Steuerhinterziehung, Bankskandale, Transitlawine, Autobahnblockaden – alles nicht so spannend wie ein zweijähriger Bär mit vielen Namen: JJ1, Bruno, Beppo oder Petzi. Das alte Kinderspiel „Räuber und Gendarm" wurde für sechs Wochen in Tirol und Bayern wiederbelebt. Ganz unter dem Motto: Einer gegen alle, alle gegen einen!

Ein junger, unmündiger, pubertierender Braunbär, der seine Verfolger und sogar eigens eingeflogene finnische Elchhunde austrickste, wurde zum Superstar der frühsommerlichen Medienlandschaft.

Jeder Medienprofi und PR-Berater musste dabei vor Neid zerplatzen, denn wer schafft es schon, über 100 Journalisten aus ganz Europa und obendrein sogar noch die renommierte „New York Times" für seine tägliche Öffentlichkeitsarbeit zu gewinnen.

Seine Etappensiege stellten jene der Tour de France in den Schatten – und das alles ohne Doping, denn die geplanten (Betäubungs)Spritzen verfehlten ebenso ihr Ziel, wie die aus den USA eigens importierte „Röhrenfalle". Nach sechswöchiger Hatz und Hetz(e) erfolgte zum Leidwesen der tausenden Bruno-Fans und aller Rettungsversuche zum Trotz die Abschussgenehmigung in Tirol und Bayern. Unglaublich, aber wahr: Was hunderte Verfolger in 1000 Stunden nicht geschafft hatten, wurde von einer bayrischen „Sondereinheit" in vier Stunden erledigt. Bruno wurde in den Augen seiner Getreuen „kaltblütig ermordet". Unter www.brunoisttot.de gab es sogar ein Kondolenzbuch für Bruno.

Dieses bisher wohl wider allen tierischen Ernstes einmalige „bärige" Affentheater" war Anstoss, uns auf die Fährte der Braunbären in Tirol zu begeben. Das Ergebnis war bereits nach einigen Tagen äußerst umfangreich und reichte von den prähistorischen Höhlenbären, über eine ausführliche Beschreibung der Braunbärenrasse, die mittelalterliche Bärenhatz und den Abschuss des letzten Nordtiroler Bären 1898 im Georgenberger Stiftswald bis zum aktuellen Liebesleben der beiden Bären Martina und Fritz im Alpenzoo Innsbruck. Selbstverständlich darf die Chronologie rund um das „Drama von JJ1" nicht fehlen.

Ein Bär begleitete den Hl. Romedius aus Thaur und findet sich in den Gemeindewappen von Berwang, Fritzens und Kauns. Aber auch aus der traditionellen Tiroler Fasnacht sind Bären und Bärentreiber nicht wegzudenken. Schließlich begegnet man Meister Petz in zahlreichen Sagen und Märchen, Geschichten und Witzen und sogar Rezepten.

Somit hoffen wir für Jung und Alt eine „bärige" Lektüre geschaffen zu haben, die einen Einblick in den historisch und gegenwärtig „bärigen Alltag" in Tirol bietet.

Viel Spass beim Lesen wünschen mit „Gut Tatz" und „Brumm brumm"

Thomas Naupp & Martin Reiter
Fiecht/St. Gertraudi, im Juli 2006

Bärige Höhlen

Nicht weit von Kufstein befindet sich die wichtigste vorgeschichtliche Fossilien-Fundstätte Nordtirols – die sogenannte „Tischofer Höhle". Die Tischofer Höhle liegt im vorderen Kaisertal und kann somit relativ schnell über die Sparchenstiege (von Kufstein bzw. Eichelwang) erreicht werden. Der Zustiegspfad zweigt noch vor dem Veitenhof vom Kaisertalweg ab (in einem Baumbestand, sehr leicht zu übersehen). Ein kurzer Abstieg und eine Querung führen zu einer geräumigen Halle – die Tischofer Höhle ist vorne 20 Meter breit und 8,50 Meter hoch. Ihren Namen erhielt sie vermutlich durch ein Missverständnis, denn ursprünglich nannte man sie „Rueppenloch", „Zottenloch" oder auch „Schäferhöhle".

Bei der Erstellung der österreichischen Generalstabskarte im 19. Jahrhundert wurde sie jedoch plötzlich als „Tisch-

In der Tischofer Höhle wurden Reste von 380 Höhlenbären gefunden.

oferhöhle" eingetragen. Im Tiroler Freiheitskampf von 1809, als die Franzosen und Bayern wiederholt bei Kufstein ins Tiroler Land eindrangen, benutzten die Tiroler Schützen die Höhle angeblich als Versammlungsort und als Versteck für ihre Waffen.

In der Höhle soll sich ein steinerner Tisch befunden haben. Wenn sich die Freiheitskämpfer zur Höhle aufmachten, sagten sie oft auch, man gehe „zum Tisch oba". Nach einer anderen Variante soll dieser Ausspruch sogar ein Losungswort gewesen sein, das zur Versammlung rief.

Dass es sich um einen Ort mit archäologischer Bedeutung handelte, wussten die damaligen Besucher noch nicht.

Schon im Jahre 1607 erhielt der Landesfürst von Tirol, Erzherzog Maximilian, einen merkwürdigen Fundgegenstand. Es war ein uralter, verwitterter Knochen, offensichtlich ein Oberschenkelknochen, der aber wegen seiner außerordentlichen Größe und seines Gewichts von sechs Kilogramm keinem gewöhnlichen Menschen gehört haben konnte. Also musste er, so folgerte man, wohl von einem Riesen oder gar Drachen stammen. In einem Schreiben teilte der Kufsteiner Schlosshauptmann Karl Schurff seinem Landesfürsten mit, wo der Knochen gefunden worden war, nämlich ganz in der Nähe in einer großen Höhle, in der man schon vor Jahren nach Schätzen gegraben, jedoch nur Knochen gefunden hatte. Der Fund stammte natürlich nicht von einem Riesen, sondern vermutlich von einem Höhlenbären.

250 Jahre später, 1859, grub der Geologe Adolf Pichler erstmals wissenschaftlich in der „Tischofer Höhle". 1906 folgte Prof. Max Schlosser aus München, nachdem kurz

vorher Mitglieder des Historischen Vereines Kufstein erfolgreiche Versuche unternommen hatten.

Es fanden sich zwei Kulturschichten. Die untere barg unter anderem nicht weniger als 380 (!) Höhlenbären, zwei Höhlenhyänen, einen Höhlenlöwen, Wölfe, Füchse, Rentiere, Steinböcke und Murmeltiere. Die Skelette einiger Bären konnten rekonstruiert werden. Das Alter der gefundenen Raubtiere kann auf 25000 bis 30000 Jahre festgelegt werden.

Noch bedeutender waren aber acht bearbeitete Knochenspitzen – der bisher älteste Nachweis menschlicher Anwesenheit in Nordtirol.

In der zweiten, jüngeren Schicht fanden sich Skelettteile von etwa 30 – 35 Personen, davon 17 Kinder und Jugendliche. Vermutlich handelt es sich um ein Gräberfeld – dieses wäre in einer Höhle aber ein sehr seltener Fund. Gleichzeitig wurde auch ein Siedlungsplatz mit Feuerstellen nachgewiesen, Schmuck und Keramik sind typisch für die in Bayern beheimatete frühbronzezeitliche (also ca. 1500 v. Chr.) „Straubinger Kultur". Gleichzeitig hat in der Höhle eine Bronzeschmelze mit Gießerei bestanden!

In der Hyänen-Halbhöhle in unmittelbarer Nähe fanden die Ausgräber 1920 Besiedlungsreste in Form einer bronzezeitlichen Schmiedewerkstätte.

Einige der in der Tischofer Höhle gefundenen Skelette von Höhlenbären kann man heute im Heimatmuseum auf der Festung Kufstein im Rahmen einer „Zeitreise auf der Erlebnisburg" bewundern.　　　*Fotos: Festung Kufstein*

Museen – Feste – Ausstellungen – Konzerte – Events – täglich geöffnet! Tel. +43/(0)5372-602360 • Fax 71060 • www.festung.kufstein.at

Höhlenbären

Der jungpleistozäne Höhlenbär (Ursus spelaeus) war ebenso wie der Höhlenlöwe und wie die Höhlenhyäne kein nur im Dunkel unterirdischer Verstecke lebendes Tier, wie der Name vermuten lassen könnte. Er suchte bei Tageslicht im Freien nach Kräutern, Beeren und anderen Früchten und verschmähte auch kleine Säugetiere nicht, deren er habhaft werden konnte. Seine flachen und vielhöckerigen Backenzähne deuten jedoch darauf hin, dass der Höhlenbär fast ausschließlich vegetarisch gelebt hat. Diese Annahme wird durch Erkenntnisse gestützt, die Wissenschaftler bei der Untersuchung von Bärenkot in der Salzofenhöhle im Toten Gebirge gewannen. Demnach fraßen diese Bären Gräser und Wiesenpflanzen. Pollen bestimmter Pflanzenarten belegten sogar, dass die Höhlenbären auch den Honig wilder Bienen zu schätzen wussten.

Der Höhlenbär sieht aus wie ein Bär, er heißt auch Bär und doch ist er mit dem uns bekannten Braunbären nicht direkt verwandt, sondern hat sich parallel zu ihm entwickelt. Der Höhlenbär ist eines der bekanntesten Tiere der letzten Eiszeit. Sein Name kommt nicht von ungefähr, denn der Höhlenbär verbrachte fast die Hälfte seines Lebens in Höhlen. Und das über einen Zeitraum von immerhin etwa 100.000 Jahren in dem Gebiet zwischen den Pyrenäen und dem Ural-Gebirge. Der Höhlenbär war größer und kräftiger als der uns bekannte Braunbär, doch er war kein Raubtier.

Noch im 17. Jahrhundert waren Höhlenbesucher, die auf den mächtigen Schädel eines Höhlenbären stießen,

davon überzeugt, dass es sich dabei um die Überreste eines Drachen handeln könnte. Der kräftige Eckzahn des Höhlenbären hingegen wurde häufig als das Horn des Einhorns wahrgenommen. Und noch heute tragen viele Höhlen Namen wie Drachenhöhle (z. B. Drachenhöhle bei Mixnitz in der Steiermark), Drachenloch oder Einhornhöhle. Doch schon im 18. Jahrhundert war die Wissenschaft so weit, dass sie die Überreste des Höhlenbären deutlich als die eines Bären erkennen konnte.

Es dauerte allerdings noch eine Weile, bis man herausfand, dass es sich bei dem Höhlenbären um eine eigene Art handelte.

Wahrscheinlich haben die Höhlenbären einen unterirdischen Verschlupf nur aufgesucht, wenn sie ihren Winterschlaf halten wollten. Was die Paläontologen zunächst verblüffte, waren die riesigen Knochenansammlungen von Überresten der Höhlenbären, die man in zahlreichen Höhlen fand. So wurden in der Drachenhöhle von Mixnitz an der Mur in der Steiermark etwa 200 Tonnen Höhlenbären-Knochen, die Überreste von mindestens

50000 Individuen, ausgegraben und von Wissenschaftlern der Universität Wien untersucht. Den durch die Knochen und Fledermausexkremente stark phosphorisierten Höhlenlehm baute man zu Düngezwecken ab.

Erklärbar werden die zahlreichen Bärenknochenfunde dadurch, dass die Höhlen von den Bären viele Jahrtausende lang immer wieder im Winter bewohnt wurden. Manchmal haben Tiere enge Durchschlupfe von Höhlen durch das wiederholte Anstreifen mit dem Fell regelrecht poliert. Im Laufe der Zeit häuften sich wahre Berge von Bärenfossilien an, weil alte, kranke und junge Tiere in den langen Wintern starben, wenn sie geschwächt waren oder sich im Herbst keine großen Fettpolster als Nahrungsreserven hatten zulegen können. Und mancher Höhlenbär erstickte nach einer bisher unbewiesenen Theorie in seiner eigenen verbrauchten Atemluft, wenn die Sauerstoffzufuhr im Winterquartier nicht ausreichte. In der Mixnitzer Drachenhöhle kam auf drei Männchen ein Weibchen. Dies muss allerdings keinesfalls bedeuten, dass es damals mehr Bären als Bärinnen gab, sondern könnte daher kommen, dass die Weibchen mit ihren Jungen oft kleinere ungestörte Höhlen aufsuchten.

Es gilt als unwahrscheinlich, dass altsteinzeitliche Jäger das Verschwinden der Höhlenbären ausgelöst haben. Zwar fanden sich häufig Bärenknochen und Werkzeuge des Menschen in denselben Schichten, aber die Tiere und die Jäger müssen sich deswegen nicht zum gleichen Zeitpunkt in der Höhle aufgehalten haben. Auch gibt es keine Anhaltspunkte, dass sich der frühe Mensch ausschließlich auf die Höhlenbärenjagd spezialisiert hätte.

Die Bestände der Höhlenbären wurden in Mitteleuropa vor etwa 20000 Jahren, also im Maximum der letzten Vereisung, ganz erheblich reduziert. Sie hielten sich nur an wenigen Stellen noch länger. Vieles spricht dafür, dass sie nicht mit der Klimaveränderung zurechtkamen. Zunächst verließen sie die Hochgebirge, da dort ihre Nahrung immer geringer wurde, während die Gletscher immer weiter vorrückten. Sie zogen in die Mittelgebirge, später in Talnähe. Die letzten von ihnen starben vor etwa 16 000 Jahren. Aber es wird vermutet, dass es nicht alleine die fehlende Nahrung war, die zum Aussterben der Höhlenbären führte. Durch die Klimaveränderungen wurden auch die Sommer immer kürzer und die Winter immer länger. Für einen so langen Winterschlaf aber war der Höhlenbär nicht ausgerüstet.

Höhlenbären erreichten ein Alter von etwa dreißig Jahren. Natürliche Feinde dürften sie kaum gekannt haben. Dennoch: irgendwann verschwanden die Höhlenbären.

Zu Lebzeiten der eiszeitlichen Höhlenbären existierten in Eurasien auch schon die Braunbären (Ursus arctos).

Sie unterscheiden sich vom Höhlenbären unter anderem durch ihre etwa um ein Drittel geringere Körpergröße und kleinere Zähne. Außerdem wirkt ihr Schädel nicht so gedrungen wie derjenige der Höhlenbären. Aus den Braunbären gingen im Jungpleistozän die Eisbären (Thalarctos maritimus) hervor.

Der Braunbär

Der Braunbär (Ursus arctos) ist eine Säugetierart aus der Familie der Bären (Ursidae). Er kommt in mehreren Unterarten – darunter Europäischer Braunbär (U. a. arctos), Grizzlybär (U. a. horribilis) und Kodiakbär (U. a. middendorffi) – in Eurasien und Nordamerika vor.

Als eines der größten an Land lebenden Raubtiere der Erde spielt er in zahlreichen Mythen und Sagen eine wichtige Rolle, gleichzeitig wurde er als (zumindest vermeintlicher) Nahrungskonkurrent und potentieller Gefährder des Menschen vielerorts dezimiert oder ausgerottet. So gibt es in West- und Mitteleuropa nur mehr Reliktpopulationen. Innerhalb des deutschsprachigen Raumes lebt nur in Österreich dauerhaft eine Gruppe dieser Tiere, in anderen Regionen des Alpenraums wandern gelegentlich Exemplare umher.

Braunbären haben den stämmigen, kraftvollen Körperbau aller Bären, ihr Skelett ist aber in der Regel stärker gebaut als das anderer Vertreter ihrer Familie. Merkmale, die sie mit den übrigen Vertretern ihrer Familie teilen, sind der Penisknochen (Baculum) und der kurze, stummelartige Schwanz. Ein artspezifisches Merkmal ist der muskulöse Buckel über den Schultern, der den Vorderbeinen zusätzliche Kraft verleiht.

Kopf und Sinne

Braunbären haben wie alle Bären einen schweren, massiven Kopf mit vorstehender Schnauze. Im Gegensatz zum oft ähnlich gefärbten Amerikanischen Schwarzbären ist die Stirn deutlich höher und die Schnauze konkav gewölbt. Die Ohren sind abstehend und abgerundet, die Augen hingegen sehr klein. Dementsprechend ist auch der Gesichtssinn unterentwickelt, der Gehörsinn ist durchschnittlich ausgeprägt, der Geruchssinn hingegen sehr gut. Die Halswirbel weisen eine große Drehbarkeit auf, der Nacken ist allerdings kürzer als beim nahe verwandten Eisbären.

Zähne und Verdauungstrakt

Braunbären haben im bleibenden Gebiss 42 Zähne. Die Zahnformel lautet 3/3-1/1-4/4-2/3; pro Kieferhälfte haben sie also drei Schneide-, einen Eck-, vier Vorbacken- und zwei (Oberkiefer) beziehungsweise drei (Unterkiefer) Backenzähne. Die Tiere weisen die für viele Raubtiere typischen vergrößerten Eckzähne auf, die Backenzähne sind als Anpassung an die Pflanzennahrung mit breiten, flachen Kronen versehen.

Wie bei allen Raubtieren (Carnivora) ist der Verdauungstrakt der Braunbären einfach gebaut. Der Magen ist einhöhlig, der Blinddarm fehlt. Der Darm ist 7 bis 10 Meter lang und somit länger als bei rein fleischfressenden Carnivoren.

Gliedmaßen

Die Gliedmaßen sind lang und kräftig, wobei die Vorder- und Hinterextremitäten annähernd gleich lang sind. Die Knochen des Unterarms (Elle [Ulna] und Speiche

[Radius]) beziehungsweise Unterschenkels (Schienbein [Tibia] und Wadenbein [Fibula]) sind getrennt, was zu einer starken Drehbarkeit führt. Die Füße sind groß und haben auf der Unterseite schwere, behaarte Ballen. Vorder- und Hinterfüße haben jeweils fünf Zehen, die in bis zu acht Zentimeter langen, nicht einziehbaren Krallen enden. Bei der Fortbewegung wird der Fuß jeweils mit der ganzen Sohle aufgesetzt, Braunbären sind also wie alle Bären Sohlengänger.

Fell

Das Fell der Braunbären ist üblicherweise dunkelbraun gefärbt, kann aber eine Vielzahl von Farbschattierungen annehmen. Die Variationen reichen dabei von gelb- und graubraun über verschiedene Brauntöne bis fast schwarz. Tiere in den Rocky Mountains weisen oft ein weißgrau gesprenkeltes Oberfell auf, dieser gräulichen (engl. „grizzly") Färbung verdankt die Unterart der Grizzlybären ihren Namen. Das Haarkleid der Braunbären ist generell durch ein dichtes Unterhaar charakterisiert, die Deckhaare sind lang. Das Fell ist jahreszeitlichen Veränderungen ausgesetzt, das für die kalten Monate angelegte Winterfell ist dicht und rau und erweckt einen zotteligen Eindruck.

Abmessungen und Gewicht

Die Kopfrumpflänge dieser Tiere liegt zwischen 100 und 280 Zentimeter, die Schulterhöhe beträgt rund 90 bis 150 Zentimeter. Der Schwanz ist nur rund 6 bis 21 Zentimeter lang. Das Gewicht variiert je nach Verbreitungsgebiet sehr stark, wobei aber in allen Populationen die Männchen deutlich schwerer als die Weibchen sind.

Die schwersten Braunbären sind die Kodiakbären, die an der Südküste Alaskas und auf vorgelagerten Inseln, wie Kodiak leben. Sie können ein Gewicht von bis zu 780 Kilogramm erreichen, wobei das Durchschnittsgewicht der Männchen aber nur bei 389 Kilogramm und das der Weibchen bei 207 Kilogramm liegt. Braunbären im Landesinneren Alaskas sind deutlich leichter, das Durchschnittsgewicht liegt hier bei 243 Kilogramm für Männchen und 117 Kilogramm bei Weibchen. Weiter südlich in Nordamerika (in Kanada und dem nordwestlichen Kerngebiet der USA) beträgt das Gewicht der Männchen 140 bis 190 Kilogramm, das der Weibchen 80 bis 130 Kilogramm. In Nordeuropa und Sibirien wiegen Braunbären durchschnittlich 150 bis 250 Kilogramm, in Südeuropa sind sie deutlich leichter, nur rund 70 Kilogramm. In Asien nimmt ihr Gewicht nach Osten hin zu, die Tiere auf der Halbinsel Kamtschatka erreichen wiederum 140 bis 320 kg.

Verbreitung und Lebensraum
Das ursprüngliche Verbreitungsgebiet der Braunbären umfasste weite Teile Nordamerikas, Eurasiens und Nordafrikas. In Nordamerika lebten sie im gesamten westlichen und mittleren Teil des Kontinents bis zur Höhe der Hudson Bay und südwärts bis in das nördliche Mexiko. In Eurasien kamen sie von Westeuropa bis zur sibirischen Ostküste und zum Himalaya vor, sie fehlten lediglich auf dem Indischen Subkontinent und in Südostasien. In Afrika waren sie im Atlasgebirge beheimatet.

Heutige Verbreitung und Bestandsentwicklung
Durch Bejagung und die Zerstörung ihres Lebensraumes wurde das Verbreitungsgebiet der Braunbären stark ein-

geschränkt. In vielen Regionen sind Braunbären ausgestorben, in Großbritannien beispielsweise bereits im 10. Jahrhundert, in Deutschland und dem nordafrikanischen Atlasgebirge im 19. Jahrhundert, in Mexiko und weiten Teilen der USA im 20. Jahrhundert. In West- und Mitteleuropa gibt es nur mehr Reliktpopulationen, ebenso im Kernland der USA, wo sie nur mehr im nordwestlichen Landesteil leben. Auch in Südwestasien und Teilen Nord- und Osteuropas hat ihre Anzahl deutlich abgenommen. Größere Populationen gibt es noch in Alaska, dem westlichen Kanada und in Nordasien. Durch Auswilderung von Bären aus anderen Gebieten wird versucht, besonders gefährdete Gruppen wieder aufzustocken. Die weltweite Gesamtpopulation des Braunbären beläuft sich auf rund 185.000 bis 200.000 Tiere.

Braunbären in Österreich

In Österreich waren die Bären Mitte des 19. Jahrhunderts ausgerottet. Vereinzelt gab es in den 1950er und 1960er Jahren in Kärnten Nachweise von Bären, die aus dem damaligen Jugoslawien zugewandert waren. Im Jahr 1972 ließ sich ein junges männliches Tier in der Ötscher-Region im südwestlichen Niederösterreich, in jener Gegend nieder, in der die letzten Exemplare im 19. Jahrhundert geschossen wurden. Dieses Tier wurde unter dem Namen „Ötscherbär" bekannt. 1989 wurde in der Region ein aus Kroatien stammendes Weibchen ausgesetzt, und 1991 kamen drei Jungtiere zur Welt. Mit der Aussetzung zweier weiterer Tiere in den Jahren 1992 und 1993 wurde das Wiederansiedlungsprojekt fortgesetzt.

In jener Zeit kam es zu ersten größeren Schadensmeldungen, wie gerissenen Schafen und geplünderten Fisch-

teichen, die bei der lokalen Bevölkerung für Skepsis und Ablehnung des Projektes sorgten, das Stichwort „Problembär" geisterte durch die Medien. Eine „Eingreiftruppe" wurde gegründet, welche die Bären, die sich öfters in der Nähe menschlicher Siedlungen blicken ließen, mit Warnschüssen verjagte.

Heute trifft in Österreich die Anwesenheit von Braunbären, trotz gelegentlicher Schäden an Haustieren und Bienenstöcken, in der Bevölkerung weitgehend auf Akzeptanz, welche durch eigens beauftragte „Bärenanwälte" zusätzlich gefördert wird, die u.a. bei der Klärung von Schadensfällen helfen.

Seit 1998 wurden jedes Jahr Jungtiere gesichtet, vereinzelt kam es auch zu Zuwanderungen aus Slowenien, sodass heute eine kleine, aber stabile Population von 25 bis 30 Tieren besteht. Die meisten davon leben im niederösterreichisch-steirischen Grenzgebiet, vorwiegend im Naturpark Ötscher-Tormäuer, eine kleine Gruppe auch im südlichen Kärnten, in den Karnischen und Gailtaler Alpen und den Karawanken. Im Jahr 2002 wurde außerdem ein aus dem Trentino eingewandertes Exemplar in Tirol gesichtet; ein weiterer Braunbär in Tirol war „JJ1" im Jahr 2006.

2004 wurde das sogenannte „LIFE Nature Co-op Projekt" ins Leben gerufen, das, von der EU untertützt, versucht, im Alpenraum den Braunbären wieder anzusiedeln. beteiligt sind die Länder Italien mit den Regionen Trentino und Friaul, Österreich mit Kärnten, Niederösterreich, Oberösterreich und Steiermark, sowie Slowenien. Im Rahmen des Projektes sollen die im Alpenraum ansässigen Teilpopulationen des Braunbären zu einer sogenannten Metapopulation vernetzt werden, die es den

Tieren ermöglichen soll, sich untereinander zu vermehren und selbstständig zu überleben.

Lebensraum

Braunbären bewohnen eine Vielzahl von Lebensräumen. In Amerika bevorzugen sie offenes Gelände wie Tundra, Bergwiesen und Küstenregionen, früher waren sie auch in der Plains-Region zu finden. Die verbliebenen Tiere Europas leben hauptsächlich in bewaldeten Gebirgsregionen, auch in Sibirien sind sie eher in Wäldern als im offenen Terrain zu finden. Solange genügend Nahrung und Plätze für die Winterruhe vorhanden sind, sind sie nicht allzu wählerisch in Bezug auf ihren Lebensraum. Allerdings benötigen sie auch in offenem Gelände ausreichend dicht mit Vegetation bestandene Gebiete als Ruheplätze.

Lebensweise

Die Aktivitätszeit der Braunbären hängt von den Umweltbedingungen, der Jahreszeit oder der Nähe von Menschen ab. Sie gelten als vorwiegend dämmerungs- oder nachtaktiv, insbesondere in von Menschen besiedelten Gebieten. Zur Zeit des größten Nahrungsbedarfs, im Frühling und Herbst, sind sie auch tagsüber auf Nahrungssuche, im Sommer hingegen eher hauptsächlich in der Nacht.

Bären sind Sohlengänger und bewegen sich im Passgang fort, das heißt dass beide Beine einer Körperseite gleichzeitig bewegt werden. Normalerweise sind ihre Bewegungen langsam und schleppend, im Bedarfsfall können sie aber sehr schnell laufen und Geschwindigkeiten von 50 Kilometern pro Stunde erreichen. Sie können auch sehr gut schwimmen. Während Jungtiere noch oft auf Bäume klettern, ist dies ausgewachsenen Tieren aufgrund ihres Gewichtes meist nicht mehr möglich.

Winterruhe

Da sie während der Wintermonate nicht genug Nahrung finden, begeben sie sich in eine Winterruhe. Diese Winterruhe ist kein echter Winterschlaf, da sie relativ leicht wieder aufzuwecken sind. Zwar gehen der Herzschlag und die Atemfrequenz deutlich zurück, die Körpertemperatur sinkt hingegen nur leicht – von normalerweise 36,5 bis 38,5° C geht sie nur um 4 bis 5° C zurück. Während dieser Zeit nehmen sie weder Nahrung noch Flüssigkeit zu sich, sie urinieren und defäkieren auch nicht. Um eine Harnvergiftung zu vermeiden, werden Aminosäuren statt in Harnstoff in wiederverwertbare Aminosäuren umgewandelt. Der Beginn und die Dauer der Winterruhe hängen von den Umweltbedingungen ab. Üblicherweise beginnt sie zwischen Oktober und Dezember und endet zwischen März und Mai, in den südlichen Teilen ihres Verbreitungsgebietes halten sie hingegen gar keine oder nur eine verkürzte Winterruhe. Im Herbst haben Braunbären einen erhöhten Nahrungsbedarf, sie legen Fettgewebe an, um während der Winterruhe nicht zu verhungern. Interessanterweise werden Fette nicht an den Gefäßwänden abgelagert, was ihnen ermöglicht, sich ohne Gesundheitsgefahren einen Vorrat anzufressen, Braunbären erkranken also nicht an Arteriosklerose. Für den Eintritt der Winterruhe spielt auch der Sättigungsgrad eine Rolle, gut genährte Tiere begeben sich früher zur Ruhe, während hungrige Tiere länger auf Nahrungssuche bleiben, bis sie von der Kälte in ihre Winterquartiere getrieben werden. Der Gewichtsverlust während der Wintermonate ist bei Weibchen deutlich höher (40 %) als bei Männchen (22 %), was auf den höheren Energieaufwand während der Trag- und Säugezeit zurückzuführen ist.

Zur Winterruhe ziehen sie sich in einen Bau zurück, der oft selbst gegraben und mit trockenen Pflanzen ausgekleidet wird. Manchmal benutzen sie auch natürliche Höhlen oder Felsspalten. Diese Baue werden an witterungsgeschützten Stellen angelegt und oft mehrere Jahre hintereinander verwendet, allerdings verteidigen sie sie nicht gegenüber anderen Braunbären.

Sozialverhalten und Kommunikation

Braunbären leben in der Regel einzelgängerisch. Während der Paarungszeit kommt es zu kurzzeitigen Verbindungen, die Männchen wollen so verhindern, dass sich die Weibchen mit anderen Tieren fortpflanzen. Die einzige dauerhaftere Bindung ist die der Mutter zu ihrem Nachwuchs. Braunbären zeigen kein ausgeprägtes Territorialverhalten, die Streifgebiete können sich überlappen, sie verteidigen ihr Revier auch nicht gegenüber Artgenossen. Bei üppigen Nahrungsquellen wie fischreichen Gewässern, beerenbestandenen Gebieten oder Mülltonnen kommt es manchmal zu Ansammlungen dutzender Tiere.

Die Reviergröße ist variabel, sie hängt unter anderem vom Nahrungsangebot, von der Topographie, vom Alter, Gesundheitszustand oder Geschlecht des Tieres ab. Die Reviere der Weibchen sind deutlich kleiner als die der Männchen, vermutlich um die Begegnungsmöglichkeiten mit aggressiven Tieren zu vermindern und so die Jungen zu schützen. Die durchschnittliche Reviergröße

auf der Kodiakinsel beträgt 24 km^2 bei Männchen und 12 km^2 bei Weibchen, im nördlichen Alaska hingegen wächst dieser Wert auf 700 bis 800 km^2 für Männchen und 300 km^2 für Weibchen an. Das Territorium eines Männchens überlappt üblicherweise mit dem mehrerer Weibchen, was zu gesteigerten Chancen führt, bei der Fortpflanzung zum Zug zu kommen.

Braunbären sind nicht standorttreu, sie unternehmen saisonale Wanderungen zu Orten mit großem Nahrungsreichtum. In unberührten Gegenden können diese Wanderungen manchmal hunderte Kilometer lang sein.

Für die Kommunikation der Tiere spielt neben Lauten und Körperhaltungen insbesondere der Geruchssinn die wichtigste Rolle. Individuen, die sich direkt gegenüberstehen, kommunizieren mittels Körperhaltungen: Dominanz wird durch direkte Annäherung mit gestrecktem Nacken, zurückgelegten Ohren und präsentierten Eckzähnen ausgedrückt, Unterwerfung durch das Senken oder Wegdrehen des Kopfes und durch Niedersetzen, Hinlegen oder Weglaufen. Kämpfe zwischen Artgenossen werden mit Prankenhieben auf Brust oder Schultern oder mit Bissen in den Kopf oder Nacken ausgetragen.

Braunbären geben wenig Laute von sich, außer wenn sie verwundet sind oder attackiert werden. Jungtiere heulen, wenn sie hungrig oder von der Mutter getrennt sind oder wenn ihnen kalt ist. Es sind keine Laute bekannt, mit denen die Mutter ihre Kinder ruft. Brummende und knurrende Laute sind ein Zeichen für Aggression. Puffende Laute, die durch intensives, wiederholtes Ausatmen erzeugt werden, dienen der freundlichen Kontaktaufnahme zwischen Tieren, zum Beispiel bei der Paarung.

Um visuelle oder olfaktorische (den Geruchsinn betrefende) Hinweise zu geben, scheuern sie sich an Bäumen, wälzen sich am Boden, beißen oder kratzen sie Teile der Baumrinde heraus oder urinieren und defäkieren auf den Boden. Diese Zeichen dienen der Kennzeichnung des Reviers, der Signalisierung der Paarungsbereitschaft oder der Markierung von Wanderwegen.

Nahrung

Braunbären sind Allesfresser, die aber in erster Linie pflanzliche Nahrung zu sich nehmen. So stehen Gräser, Kräuter, Schößlinge, Blüten, Wurzeln, Knollen, Nüsse und Pilze auf ihrem Speiseplan, im Sommer und Herbst machen Beeren einen wichtigen Bestandteil ihrer Nahrung aus.

An fleischlicher Nahrung nehmen sie unter anderem Insekten und deren Larven, Vögel und deren Eier sowie Nagetiere, beispielsweise Erdhörnchen (wie Ziesel und Murmeltiere), Lemminge, Taschenratten und Wühlmäuse zu sich. Mit Hilfe ihrer Krallen graben sie diese Beute aus deren Bauen. Insbesondere in den Rocky Mountains fressen sie auch größere Säugetiere wie Elche, Rentiere, Wapitis, Bisons, Weißwedelhirsche und Gabelböcke. Von diesen Tieren fallen ihnen allerdings kaum gesunde erwachsene Tiere zum Opfer, meist töten und fressen sie kranke oder alte Exemplare sowie Jungtiere. Auch das Aas dieser Tiere wird verzehrt, vor allem das von durch den Winter umgekommenen Exemplaren nach der Winterruhe der Bären. Selten greifen sie auch Schwarzbären oder sogar Artgenossen an. Wo sie in ihrer Nähe gehalten werden, fressen Braunbären auch Weidetiere wie Schafe, Ziegen oder junge Rinder. Dieses Verhalten hat in vielen Regionen die Verfolgung des Braunbären als Nahrungskonkurrenten durch den Menschen verursacht.

Manchmal vergraben Bären ihre Nahrung, um sie vor Nahrungskonkurrenten zu verbergen oder vor der Verrottung zu bewahren. Oft legen sie sich dann auf oder neben den Erdhaufen, um ihre Beute zu bewachen. Dieses Verhalten kann aber nur bei Nahrungsmangel beobachtet werden und kommt in Gebieten oder Perioden mit reichem Angebot nicht vor. Tiere, die ihre Nahrung solcherart bewachen, gelten als besonders aggressiv und greifen jeden Eindringling, auch Menschen, an.

In den Küstenregionen, insbesondere am Pazifik, zählen Lachse während deren Laichwanderungen in den Sommermonaten zur bevorzugten Nahrung der Braunbären. Die Fangtechniken variieren, so werden die Fische beispielsweise direkt aus dem Wasser gefischt oder in der Luft gefangen, während sie kleine Wasserfälle überspringen. Vermutlich gehen die großen Ausmaße der Bären in Alaska und Kamtschatka auf eine besonders fischreiche Nahrung zurück. Die Bären an den Küsten und Fjorden ernähren sich auch gern von Muscheln, die sie bei Niedrigwasser ohne Probleme mit ihren großen Tatzen aus dem Sand ausgraben.

Vom ausgestorbenen Kalifornischen Braunbären ist bekannt, dass er Kadaver von gestrandeten Walen verspeiste.

Fortpflanzung – Paarung und Trächtigkeit

Braunbären sind generell durch eine hohe Lebenserwartung, eine eher langsame Fortpflanzungsrate und ein spätes Eintreten der Geschlechtsreife charakterisiert.

Braunbären sind polygam, das heißt ein Männchen kann sich mit mehreren Weibchen paaren. Während der Paarungszeit folgen oft mehrere männliche Tiere einem Weibchen, es kann dabei auch zu Kämpfen unter den Männchen um das Paarungsrecht kommen. Um zu verhindern, dass sich ein befruchtetes Weibchen erneut paart, bleiben die Männchen rund ein bis drei Wochen bei diesen. Gelingt diese „Bewachung" nicht, können sich auch weibliche Tiere mit mehreren Partnern paaren.

Die Paarungszeit fällt in die Monate Mai bis Juli. Nach dem Geschlechtsakt nistet sich die befruchtete Eizelle allerdings nicht gleich ein, sondern bleibt frei im Uterus. Dieses Stadium kann fünf Monate dauern, erst zu Beginn der Winterruhe erfolgt die Nidation und somit der eigentliche Beginn der Tragzeit. Aus diesem Grund beträgt die Zeitspanne zwischen Fortpflanzung und Geburt 180 bis 270 Tage, während die eigentliche Trächtigkeit mit sechs bis acht Wochen relativ kurz ist.

Geburt und Jungenaufzucht

Die Geburt fällt in die Zeit der Winterruhe, in die Monate Jänner bis März. Die Wurfgröße beträgt ein bis vier, meist jedoch zwei oder drei Jungtiere. Wie alle Bären zählen die Braunbären zu den Plazentatieren mit dem größten Gewichtsunterschied zwischen dem Weibchen und ih-

rem Wurf. Neugeborene sind rund 23 bis 28 Zentimeter lang und wiegen 340 bis 680 Gramm. Ihre Augen sind geschlossen und sie erscheinen nackt, obwohl sie mit kurzen grauen Haaren bedeckt sind. Jungtiere sind durch einen rundlichen Schädel

gekennzeichnet, der erst im Wachstum die langgestreck-
te Form des Erwachsenenschädels annimmt, ein Prozess,
der sich über ihr ganzes Leben erstrecken kann.

Weibchen haben ein Paar Zitzen an der Brust und zwei
weitere am Bauch. Ihre Milch zeichnet sich durch einen
hohen Protein- (6 bis 17 %), und Fettgehalt (20 %) aus.
Darum wachsen die Jungtiere sehr schnell, mit drei Monaten wiegen sie bereits 15 Kilogramm, mit sechs Monaten 25 Kilogramm. Im ersten Sommer haben die jungen
Braunbären oft ein weißliches, V-förmiges Nackenmus-
ter, das im zweiten Lebensjahr verblasst.

Die Aufzucht der Jungen ist alleinige Aufgabe des Weib-
chens, während dieser Zeit ist es ausgesprochen aggressiv.
Viele Attacken gegen Menschen gehen auf das Konto
von Müttern mit Jungtieren, auch männliche Artgenossen werden gelegentlich angegriffen und getötet, wenn
sie sich dem Wurf zu sehr nähern.

Mit rund fünf Monaten nehmen die jungen Braunbären erstmals feste Nahrung zu sich, endgültig abgesetzt
werden sie mit 1,5 bis 2,5 Jahren. Mindestens bis zum
zweiten Frühling, meist aber bis zum dritten oder vier-
ten, bleiben die Jungen bei ihrer Mutter. Diese verjagt
sie, sobald sie wieder empfängnisbereit wird, was rund
zwei bis vier Jahre nach der Paarung eintritt. Im An-
schluss bleiben Geschwister manchmal noch für zwei bis
vier Jahre zusammen, sie spielen miteinander und gehen
gemeinsam auf Nahrungssuche.

Männliche Tiere erreichen die Geschlechtsreife mit rund
4,5 Jahren, Weibchen in der Regel etwas später, mit vier bis
sechs Jahren, in Ausnahmefällen auch erst mit sieben oder
acht. Ihr Wachstum setzt sich aber danach noch fort, aus-
gewachsen sind Braunbären erst mit zehn oder elf Jahren.

Lebenserwartung und natürliche Bedrohungen

Eine Untersuchung im Yellowstone-Nationalpark hat die durchschnittliche Lebenserwartung der Braunbären auf sechs Jahre berechnet. Das mögliche Höchstalter von Tieren in freier Natur wird auf 20 bis 30 Jahre geschätzt, wie viele andere Tiere können Braunbären in menschlicher Obhut aber ein deutlich höheres Alter erreichen. Das älteste bislang bekannte Exemplar starb mit 47 Jahren, das potentielle Höchstalter von Tieren in Gefangenschaft wird auf 50 Jahre geschätzt.

Viele Tiere sterben an Mangelernährung oder Krankheiten. Insbesondere während der Paarungszeit kommt es zum Infantizid, wenn Jungtiere von erwachsenen Männchen attackiert werden. Auch Fälle von Kannibalismus, das heißt dass Braunbären Artgenossen fressen, sind bekannt. Zum Tod können auch Verletzungen, die ihnen von den Hörnern der Beutetiere zugefügt werden, führen. In Gebieten, wo sich die Verbreitungsgebiete überlappen, sind Pumas, Luchse, Wölfe oder Vielfraße Nahrungskonkurrenten der Braunbären. Erwachsene Tiere haben aber kaum natürliche Feinde, lediglich aus Sibirien gibt es Berichte, wonach sie manchmal dem Sibirischen Tiger zum Opfer fallen.

Allerdings sind einige Parasiten bekannt: Zu den Ektoparasiten der Braunbären zählen Flöhe der Gattung Chaetopsylla und Zecken der Gattung Dermacenter. An Endoparasiten sind unter anderem Fadenwürmer (Baylisascaris transfuga) und Trichinen verbreitet.

Systematik
Der Eisbär gilt als der nächste Verwandte des Braunbären, die Abgrenzung beider Arten ist jedoch umstritten.
Der Braunbär ist einer der vier bis sechs lebenden Vertreter der Gattung Ursus, zu welcher auch der Eisbär,
der Amerikanische Schwarzbär, der Asiatische Schwarzbär, meist der Malaienbär und manchmal der Lippenbär
gezählt werden. Der älteste bekannte Vertreter dieser
Gattung ist Ursus minimus, ein relativ kleiner Bär, der
im Pliozän lebte. Als Vorfahre des Braunbären gilt Ursus
etruscus, der den heutigen Tieren bis auf eine etwas ur-
tümlichere Form der Zähne ähnelte. Die ältesten Fossili-
enfunde des Braunbären selbst sind rund 500.000 Jahre
alt und stammen aus dem Zhoukoudian-Höhlensystem

Der Eisbär gilt als nächster Verwandter des Braunbären.

in China. Vor rund 250.000 Jahren kam die Art nach
Europa, wo sie in mehreren Gebieten zusammen mit
dem Höhlenbären (Ursus spelaeus) koexistierte. Während der Weichseleiszeit wanderte die Art über die damals trockene Beringstraße nach Nordamerika ein und
erreichte, bevor sie vom Menschen zurückgedrängt wurde, Gebiete bis zur Höhe von Ontario, Kentucky oder
Nordmexiko. Möglicherweise ist dort das Aussterben der
riesigen Kurznasenbären durch die Nahrungskonkur-
renz des Braunbaren begünstigt worden.

Der Eisbär gilt als der nächste Verwandte des Braunbären und hat sich erst vor relativ kurzer Zeit, vermutlich
im mittleren Pleistozän, aus ihm entwickelt. Jüngere Untersuchungen haben sogar gezeigt, dass manche Braun-
bärpopulationen genetisch näher mit dem Eisbären
verwandt sind als mit anderen Braunbären. Nach kla-
distischen Gesichtspunkten ist der Braunbär somit eine
„paraphyletische Art" und wird als Musterbeispiel verwendet, um das gängige Artkonzept in Frage zu stellen.
In traditioneller Sichtweise werden die beiden allerdings
als getrennte Arten geführt.

Untermauert wird diese Sichtweise damit, dass Braun- und
Eisbären kreuzbar sind und sogar fertile Nachkommen
produzieren können. Bis vor kurzem fehlten entsprechende Berichte aus der Natur, im April 2006 erlegte jedoch
ein Sportjäger auf der Banksinsel (Nordwest-Territorien,
Kanada) einen vermeintlichen Eisbären. Dessen Fell war
nicht richtig weiß oder gelblich, sondern zeigte eher ein
sehr helles Braun. Eine DNA-Analyse durch Experten
des Umweltministeriums der Nordwest-Territorien ergab,
dass es sich bei dem erlegten Tier überraschenderweise
um einen Hybriden aus Eisbär und Grizzlybär handelte.

In menschlicher Obhut sind auch Hybride zwischen Braun- und Amerikanischem Schwarzbär gezüchtet worden, die Jungtiere starben jedoch innerhalb weniger Wochen.

Innerhalb des großen Verbreitungsgebietes der Braunbären gibt es beträchtliche Unterschiede hinsichtlich der Größe und des Gewichtes, der Schädelform, der Fellfärbung und anderer morphologischer Merkmale. Aus diesem Grund wurden zahlreiche Unterarten beschrieben, über deren Anzahl große Meinungsunterschiede bestehen. Im Lauf der Forschungsgeschichte wurden dutzende Unterarten beschrieben, eine Zahl, die heute wieder nach unten korrigiert wurde. In modernen Systematiken werden meist folgende Unterarten unterschieden:

• Der **Europäische Braunbär** (Ursus arctos arctos) umfasst die Bestände in den Alpen, den Pyrenäen, in Ost- und Südeuropa sowie in Skandinavien.

• Der **Syrische Braunbär** (Ursus arctos syriacus) ist relativ kleinwüchsig und hat eine hellbraune Färbung. Ob es sich bei diesem in der Kaukasusregion und Vorderasien heimischen Vertreter um eine eigenständige Unterart oder um eine lokale Variante des Europäischen Braunbären handelt, ist umstritten.

• Der **Sibirische Braunbär** (Ursus arctos beringianus) lebt im asiatischen Teil Russlands und ist ein großgewachsener Vertreter.

• Der **Kamtschatkabär** (Ursus arctos piscator) ist ein auf der Halbinsel Kamtschatka beheimateter besonders großgewachsener Vertreter des Sibirischen Braunbären. Er wird manchmal als eigene Unterart aufgeführt. Er ist mit einer Kopf-Rumpf-Länge von 2,5 Meter und einem Gewicht von 600 Kilogramm der zweitgrößte heute lebende Großbär.

- Der **Atlasbär** (Ursus arctos crowtheri) umfasste die Bestände im nordafrikanischen Atlasgebirge, die im 19. Jahrhundert ausgerottet wurden. Manchmal wird er als eigenständige Art (Ursus crowtheri) geführt.
- Der **Grizzlybär** (Ursus arctos horribilis) bewohnt Nordamerika. Er ist kräftiger und schwerer als europäische Braunbären und gilt als aggressiver. „Grizzly" stammt aus dem Englischen und bedeutet „gräulich".
- Der **Kalifornische Braun- oder Grizzlybär** (Ursus arctos californicus) ist ausgestorben. Er wurde aufgrund seiner Fellfärbung im Englischen als „Golden Bear" bezeichnet und lebte im US-Bundesstaat Kalifornien sowie auf der Halbinsel Niederkalifornien.
- Der **Mexikanische Braun- oder Grizzlybär** (Ursus arctos nelsoni) war im nördlichen Mexiko beheimatet. Er ist vermutlich in den 1960er Jahren ausgestorben.
- Der **Isabellbär** (Ursus arctos isabellinus) ist nach seinem isabellfarbenen Fell benannt, er ist in Nordindien, im Himalaya und in Zentralasien beheimatet.

Grizzly-Bär

• Der **Mandschurische Braunbär** (Ursus arctos man-churicus) kommt im Nordosten Chinas und in der Mongolei vor.

• Der **Kodiakbär** (Ursus arctos middendorffi), lebt auf der Insel Kodiak und benachbarten Inseln vor der Südküste Alaskas. Er ist mit einem Gewicht von bis zu 750 Kilogramm und einer Körperlänge (Kopf-Rumpf) von bis zu 2,70 Metern der grösste der heute lebenden Großbären.

• Der **Tibetische Braunbär** (Ursus arctos pruinosus) ist in Tibet und Sichuan beheimatet und durch sein blaugraues Fell gekennzeichnet. Vermutlich sind zahlreiche vermeintliche Sichtungen des Yetis auf Verwechslungen mit diesem Tier zurückzuführen.

• Der **Hokkaido-Braunbär** (Ursus arctos yesoensis) lebt auf der japanischen Insel Hokkaido.

Genetische Untersuchungen unterstützen diese Einteilung jedoch nicht. Mittels Vergleich der mitochondrialen DNA (mtDNA) wurden mehrere Abstammungslinien (Kladen) der Braunbären festgestellt, mit teilweise erstaunlichen Ergebnissen: So gibt es in Europa zwei Abstammungslinien, eine umfasst die Tiere in Skandinavien und in Südeuropa, die zweite die Tiere in Osteuropa und Sibirien. Die Kodiakbären gehören zur selben Linie wie die weit kleineren Exemplare im Landesinneren Alaskas, und die Population auf dem Alexanderarchipel vor der Südostküste Alaskas repräsentiert eine gänzlich eigene Linie, die genetisch den Eisbären näher steht als den Tieren auf dem Festland.

Braunbären in der Kultur

Der Braunbär spielt, vermutlich aufgrund seiner Größe und Kraft, in der Kulturgeschichte eine bedeutende Rolle. Er hat Eingang in zahlreiche Mythen gefunden, ist ein häufiges Motiv in der Heraldik und kehrt auch in vielen Märchen, literarischen Werken und Filmen wieder. Auch einige Vornamen leiten sich von ihm ab. Allerdings wird nahezu überall nicht explizit vom Braunbären, sondern nur vom „Bären" gesprochen. Da er aber in Europa die einzige in geschichtlicher Zeit lebende Bärenart war, lassen sich zumindest auf diesem Kontinent die Verweise als auf den Braunbären bezogen betrachten.

Etymologie und Benennung

Das eigentliche Wort für „(Braun-)Bär" im Urindogermanischen muss die Wortwurzel „arkt-" oder „art-" gehabt haben, wie aus Wörtern wie griechisch arktos und lateinisch ursus („urcsus" – „urctus") zu schließen ist. Auch in einigen keltischen Sprachen ist die Wurzel erhalten, so im Altirischen (art), im Walisischen (arth) und im Bretonischen (arz). Die Wurzel taucht auch in den Namen der keltischen Gottheiten Artaios und Artio auf sowie bei den Griechen in den Namen der mythologischen Figuren Artemis und Arkas. Auch im Altindischen lässt sich diese Wurzel nachweisen.

Die Wortwurzel Bär kommt nur in germanischen Sprachen vor (englisch bear, niederländisch beer, skandinavisch björn) und wird von einigen Sprachwissenschaftlern von einem alten Wort für braun abgeleitet. Eine andere Theorie leitet das Wort von einer indogermanischen Wurzel „gwher-" für „wildes Tier" (verwandt mit lateinisch ferus) ab, was aber lautlich weniger plausibel ist. Eine wieder andere Theorie legt nahe, dass das Wort „Bär" vom altgermanischen „Wer" für „Mann" (vergleiche „Werwolf") abstammt, was auf die Fähigkeit des Bären Bezug nimmt, ähnlich einem Menschen auf zwei Beinen stehen zu können. Aufgrund dieser Sonderstellung der germanischen Sprachen wird vermutet, dass das Wort bei den Germanen als eine Art von Tabuwort („Brauner" statt „Bär") entstanden ist, mit dessen Hilfe aus magischen Gründen die Verwendung des eigentlichen Bärenwortes vermieden werden sollte, um das mächtige Raubtier nicht beschwörend „herbeizurufen". Ein ähnlicher Effekt ist in den slawischen Sprachen zu beobachten, wo der Bär regelmäßig mit einem Wort für Honigfresser benannt wird.

Der wissenschaftliche Name des Braunbären, Ursus arctos, geht auf Carl von Linné zurück und verbindet den lateinischen Namen des Bären, ursus, als Gattungsnamen und die griechische Bezeichnung arktos als Artepitheton.

Mythologie und Kult

Höhlenmalereien von Bären und Hinweise auf einen möglichen „Bärenkult" finden sich bereits im Jungpaläolithikum, unklar ist aber, inwieweit es sich dabei eher um den ausgestorbenen Höhlenbären und nicht um den Braunbären gehandelt hat.

Das Sternbild Ursa major

In der griechischen Mythologie wird die Nymphe Kallisto, eine Begleiterin von Artemis, mit der sie manchmal gleichgesetzt wird, von Zeus verführt. Nach der Geburt

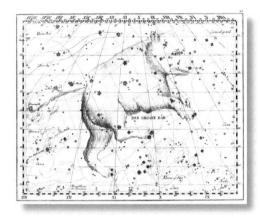

Das Sternbild des
„Großen Bären"

ihres Sohnes Arkas wird sie entweder von Zeus' eifer-
süchtiger Gattin Hera oder von Artemis, die über den
Verlust von Kallistos Jungfräulichkeit entsetzt war, in
einen Bären verwandelt. Jahre später tötete Arkas seine
Mutter beinahe, als er auf der Jagd war und sie für einen
gewöhnlichen Bären hielt. Doch Zeus hielt ihn davon ab,
verwandelte ihn auch in einen Bären und setzte beide
als Großer Bär und Kleiner Bär an den Sternenhimmel.
Beide sind an ihrem Schwanz in den Himmel geschleu-
dert worden, wodurch sie ihren untypischen Schweif
bekamen. Die Bezeichnung Arktis leitet sich davon ab
und bedeutet Land unter dem (Sternbild des) Großen
Bären.

Die Kelten kannten Bärengottheiten. So wurde bei den
Helvetiern die Bärengöttin Artio verehrt, wobei diese
möglicherweise die Herkunft des Wappentiers der Stadt
Bern ist. Andere keltische Bärengottheiten waren Artaios und Matunus. In keltischen Erzählungen nimmt der
Bär als „König der Tiere" eine ähnliche Rolle ein wie
später der Löwe, in welcher Beziehung der Name des

sagenhaften Königs Artus zum keltischen Wort für Bär
– art – steht, ist umstritten.

Aus der Nordischen Mythologie stammt die Vorstellung,
bestimmte Menschen können sich in Bären verwandeln
oder deren Eigenschaften annehmen. Bekannt sind die
Berserker, die als Inbegriff des entfesselten Kämpfers
gelten. Der Name Beowulf aus dem bekannten angel-
sächsischen Epos ist eine Kennung für Bär und steht
möglicherweise in dieser Tradition. Das Motiv von
Menschen, die Bärengestalt annehmen können, taucht
beispielsweise auch in der Gestalt des Beorn in Tolkiens
„Der kleine Hobbit" auf.

Auch von anderen eurasischen Völkern sind mythische
oder kultische Vorstellungen überliefert. Im finnischen
Nationalepos Kalevala gibt es Hinweise auf eine Bären-
verehrung. Es war verboten, den eigentlichen Namen
des Bären – „karhu" – auszusprechen, sodass Umschrei-
bungen wie „otso" oder „metsän kuningas" (König des
Waldes) gebraucht wurden. Nachdem ein Bär erlegt worden war, gab es Zeremonien, um den Geist des Bären zu
besänftigen. Auch die Samen kannten einen Bärenkult,
eine eigene Jagdzeremonie für Bären. Bei den Ainu ist
bis ins 20. Jahrhundert ein Bärenopfer bezeugt: Ein junger Bär wurde gefangen, über Monate hinweg ernährt
und in einem Ritual geopfert.

Manche tengristische Völker Zentral- und Nordasiens
wie zum Beispiel die Ewenken sehen den Bären als heiligen Ahnen. Er gilt in Sibirien als der Herrscher der
Wildnis. Seinen Namen auszusprechen gilt als Tabu, daher wird er mit anderen Worten beschrieben.

In indianischen Mythen und im Kult finden sich ebenfalls zahlreiche Bezüge zum Bären, es gab Bären-Klans,

Bärentänze, der Bär fand als Totemtier Verwendung und auch bei der Namensgebung, zum Beispiel Big Bear oder Sun Bear. Anzumerken ist aber, dass es in Nordamerika neben dem Braunbären auch noch den Schwarzbären gibt, die äußerlich manchmal nur schwer zu unterscheiden sind und im mythisch-kultischen Bereich meist auch nicht getrennt wurden.

Kampf zwischen einem Gladiator und einem Bären auf einem römischen Gefäß.

Heraldik

In der Heraldik ist der Bär ein häufiges Motiv, das Macht und Stärke widerspiegelt. Oft kommt er in sogenannten „redenden Wappen" vor, in Wappen für Personen oder Orte, in denen das Wort „Bär" vorkommt, auch wenn der Name etymologisch nichts damit zu tun hat. Bekanntestes Beispiel dafür ist wohl der „Berliner Bär" im Wappen Berlins. Im Alpenraum sind das Wappen der Schweizer Hauptstadt Bern sowie die der österreichischen Ortschaften Berwang, Fritzens und Kauns in Tirol, Berndorf in Salzburg oder Berndorf und Petzenkirchen in Niederösterreich weitere Beispiele.

In verschiedenen Heiligenlegenden der Spätantike bzw. des frühen Mittelalters – auch hier vor allem aus dem Alpenraum – werden Begegnungen von christlichen Missionaren mit Bären geschildert, in denen der Heilige zeigt, dass er Macht über das stärkste Raubtier ausüben kann, was zur Demonstration der Macht Gottes verwendet wurde. Diese Geschichten werden den Heiligen Romedius, Lucanus, Gallus und Korbinian zugeschrieben. So kommt es vor, dass Orte, die von diesen Heiligen gegründet oder nach ihnen benannt wurden, später den Bären als Wappentier angenommen haben. Im Fall des Hl. Gallus ist dies beispielsweise im Wappen der Abtei und der Stadt Sankt Gallen der Fall. Der Korbiniansbär ist unter anderem im Wappen der Stadt Freising und im Wappen des Erzbistums München-Freising zu sehen. Der heutige Papst Benedikt XVI. war hier eine Zeit lang Erzbischof und hat das Motiv in sein Papstwappen übernommen.

Allgemein gilt der Alpenraum als Rückzugsgebiet der Bären, so dass hier auch zum Zeitpunkt der Wappenentstehung noch häufig Bären anzutreffen waren, die dann als Wappentiere angenommen wurden. Dies ist bei den beiden Halbkantonen Appenzell Ausserrhoden und Innerrhoden sowie bei der Ortschaft Mannenbach der Fall.

Der Fürst Bernhard III. von Anhalt-Bernburg führte im Jahre 1323 ein heraldisches Bärenmotiv in seinem Reitersiegel. Dieses Bärenmotiv wurde zum Wappen der

Die Gemeinde **Berwang** *liegt im Bezirk Reutte/Tirol. Als sprechendes Wappen versinnbildlicht es den Namen der Gemeinde, der „Bärenwiese" bedeutet.*

Die Gemeinde **Fritzens** *liegt im Bezirk Innsbruck-Land/Tirol. Der Bär im Wappen weist auf den vorrömischen Namen der Gemeinde, der „Wildbach" – der heutige Bärenbach – bedeutet. Das Tongefäß erinnert an die sogenannte Fritzens-Sanzeno-Kultur, einer eigenständigen inneralpinen Kultur aus dem letzten vorchristlichen Jahrtausend.*

Die Gemeinde **Kauns** *liegt im Bezirk Landeck/Tirol. Mit den im Dreieck zusammenlaufenden Zinnen und dem Bären erinnert das Wappen an die Burg Berneck, ein bedeutendes Kulturdenkmal der Gemeinde. Im Volk ist der Name als „Bäreneck" gedeutet worden. Daher führten die Herren von Berneck, die mittelalterlichen Besitzer der Burg, einen Bären in ihrem Wappen.*

Linie Anhalt-Bernburg des Fürstenhauses der Askanier, dessen berühmtester Vertreter der später so genannte Albrecht der Bär war. In dieser Linie gab es von 1252 bis 1468 sechs Herzöge mit Namen Bernhard. Das Wappen mit dem Bären wurde zum Wappen des Herzogtums und späteren Freistaates Anhalt und ist heute im Wappen des Bundeslandes Sachsen-Anhalt vertreten: Im weißen Feld ein schwarzer, schreitender Bär auf einer schwarzgefugten, roten Zinnenmauer mit geöffnetem Tor.

Durch die Heirat einer Erbtochter kam das Bärenwappen der westfälischen Grafen von Rietberg in das bis heute verwendete Wappen von Ostfriesland.

Besonders originell ist das Wappen der historischen Grafschaft Hoya, das bis heute von der „Samtgemeinde" Grafschaft Hoya geführt wird; es zeigt zwei abgewendete, durch einen Hautfetzen verbundene Bärentatzen. Einzelne abgehackte Bärentatzen bilden ein vergleichsweise häufiges Motiv in den Wappen deutscher Adelsfamilien. Das rührt vermutlich daher, dass die Tatzen als einzige Teile eines erlegten Bären gelten, die für den menschlichen Genuss geeignet sind und deshalb als Jagdbeute mit nach Hause gebracht wurden.

Bären weisen unter anderem auch das Wappen der russischen Republik Karelien und die Flagge des US-Bundesstaates Kalifornien auf. Letztere zeigt die ausgestorbene Unterart Kalifornischer Braunbär (Ursus arctos californicus).

Meist sind die Braunbären nicht in ihrer natürlichen Farbe abgebildet, sondern in schwarz, rot oder gold. Das rührt daher, dass braun keine heraldische Farbe ist und daher oft auf die nächstliegenden Farben zurückgegriffen wurde.

Märchen, Literatur und Film

In Märchen und Fabeln spielt der Braunbär, als „Meister Petz" oder „Braun" bezeichnet, eine in der Regel gutmütige, manchmal etwas tollpatschige Figur. In der Literatur, insbesondere in der Kinderliteratur sowie im Zeichentrickfilm finden sich zahlreiche Ableger dieses Motivs, darunter „Balou der Bär" aus dem Dschungelbuch, Käpt'n Blaubär, Pu der Bär, Petzi und viele andere. Bei Schneeweißchen und Rosenrot schließlich erweist sich der hilfreiche Bär als ein verwandelter Mensch.

Der Spielfilm „Der Bär" (L'ours) von Jean-Jacques Annaud beschreibt die Geschichte eines verwaisten Bärenjungen, das in der kanadischen Wildnis von einem männlichen Bären „adoptiert" wird. Der Film ist aus Sicht der Bären erzählt und enthält kaum herkömmliche Dialoge. Er wurde zum Teil in Osttirol gedreht.

Bulle und Bär

In der Börse steht der Begriff „Bärenmarkt" im Gegensatz zum „Bullenmarkt" für sinkende Kurse (Baisse). Diese Bezeichnung geht auf Tierkämpfe zurück, die im 19. Jahrhundert in den USA abgehalten wurden.

Eine Reihe von Vornamen leiten sich vom Bären ab, darunter die deutschen Namen Bernhard und Bernward, das aus dem Nordgermanischen stammende Björn, aus dem Keltischen Artur, oder die auf die lateinische Bezeichnung Ursus zurückgehenden Namen Urs und Ursula. Auch Sportmannschaften und andere Vereine tragen als Bezeichnung „Bären" oder englisch „Bears" in ihrem Namen, beispielsweise die Bergkamener Bären oder die Chicago Bears. Erwähnt seien an dieser Stelle noch zahlreiche Markennamen, die an den Bären angelehnt sind, wie der Likör Bärenfang, die Kaffeesahne Bärenmarke und das Bärenpils von Berliner Kindl.

Für den Teddybären standen Braunbär und Koalabär Pate. Richard Steiff wurde durch die Braunbären im Stuttgarter Zoo dazu inspiriert, auch wenn es sich bei der legendenhaften Erzählung der Entstehung des Namens um ein Schwarzbärbaby gehandelt hat, das von Theodore „Teddy" Roosevelt verschont wurde.

Braunbären als Objekte der Unterhaltung

Die Verwendung von Braunbären als Objekten der Unterhaltung hat eine weitreichende Geschichte. Mit Netzen und Fallgruben gefangene Bären – in den Legionen des Römischen Reiches gab es speziell ausgebildete „ursarii" – wurden ab etwa 169 v. Chr. in großer Zahl nach Rom transportiert. Seit Cäsars Regierungszeit wurden Bären zu Tausenden in Zirkusspielen getötet.

Gaston Phébus, der Graf von Foix verfasste in den 1380er Jahren sein vielfach kopiertes und zitiertes Livre de Chasse (deutsch: „Jagdbuch"), in dem er auch Einzelheiten über die Lebensweise der Bären mitteilte und Empfehlungen zur Jagd auf den Bären aussprach. So sollte man zur Jagd auf den Bären Bogen- oder Armbrustschützen mitnehmen. Wenn die Hunde den Bären gestellt hätten, seien mindestens zwei Männer zum Abfangen des Bären mit Spießen (Bärenspieß oder Bärenfeder, ähnlich der Saufeder) notwendig, wobei einer den Bären verletzen und auf sich lenken solle, der zweite dann den Bären gezielt von hinten abfangen könne. Ein Schwert, wie bei Wildschweinen häufig verwendet, eigne sich zum Abfangen des Bären nicht, vermutlich weil der Jäger dann in die Reichweite der tödlichen Pranken des Bären kommt.

Das Fleisch sei nicht sehr schmackhaft, eine Delikatesse seien dagegen die Bärentatzen.

Die Bärenhatz, also die öffentliche Tötung von Bären, blieb bis in die frühe Neuzeit hinein eine beliebte Vergnügungsveranstaltung. Gefangene und abgerichtete Bären waren in Europa als Tanzbären bis in das 20. Jahrhundert hinein eine Jahrmarktsattraktion. Auch in der Zirkusdressur spielten Bären eine wichtige Rolle. Seit etwa einem halben Jahrhundert sind diese Erscheinungen unter dem Gesichtspunkt des Tierschutzes rückläufig. Bärenkämpfe, bei denen man Bären gegeneinander oder gegen Hunde kämpfen lässt, waren früher auch verbreitet, heute finden solche Darbietungen noch in Teilen Asiens statt, allerdings mit Asiatischen Schwarzbären. Heute noch verbreitet ist die Jagd auf Braunbären, die im Gegensatz zur früheren wirtschaftlichen Nutzung als reine Trophäenjagd durchgeführt und auch von heimischen Reiseveranstaltern angeboten wird.

Vielerorts werden bis heute Braunbären gehalten. Während sich Zoos vermehrt um eine artgerechte Haltung bemühen, ist die Situation für viele in Bärengräben oder

*Ein „Tanzbär"
auf einer Abbildung um 1810.*

Käfigen gehaltene Tiere aus der Sicht des Tierschutzes katastrophal.

Braunbären als Nutztiere

Neben dem Aspekt der Unterhaltung wurden Braunbären vielfach auch gejagt, um ihre Körperteile zu nutzen. Diese Bejagung ist von vielen Völkern Eurasiens und Nordamerikas bekannt und war oft mit rituellen Zeremonien verbunden. Das Fleisch der Bären wurde gegessen, das Fell für Kleidung oder Decken verwendet, Krallen und Zähne wurden zu Schmuckstücken verarbeitet. Auch (vermeintlich) medizinische oder abergläubische Gründe waren ausschlaggebend: In römischer Zeit wurden beispielsweise Fett, Galle, Blut und Hoden teils gegen verschiedene Krankheiten, teils in der Landwirtschaft gegen Raupen, Läuse und Frostschäden angewandt. In der traditionellen Chinesischen Medizin spielt die Gallenflüssigkeit der Bären bis heute eine wichtige Rolle. Zwar werden vorrangig Asiatische Schwarzbären dafür erlegt oder sogar gehalten, diese Art wird aber immer seltener. Die Gewinnung der Galle ist einer der Gründe, weswegen heute auch zahlreiche Braunbären, insbesondere in Asien, gewildert werden.

Braunbären als Nahrungskonkurrent

Ein weiterer Grund für die Bejagung der Braunbären war die Sicht als Nahrungskonkurrent, der Weidetiere wie Schafe, Ziegen und Rinder reißt, Fischteiche plündert und Bienenstöcke aufbricht. Während unbestritten ist, dass solche Vorfälle passieren, ist das Ausmaß der tatsächlichen Schäden ungewiss und dürfte oft übertrieben dargestellt werden. Häufig war auch der Mensch die

Hauptursache dafür, indem er massiv in den natürlichen Lebensraum der Bären eingriff und sie so zwang, sich neue Nahrungsquellen zu erschließen.

Braunbären als Bedrohung des Menschen

Aufgrund seiner großen Kraft kann ein einziger Biss oder Prankenhieb eines Bären beim Menschen schwere Verletzungen oder sogar den Tod verursachen. Für gewöhnlich greifen sie Menschen jedoch selten an; sie fliehen, wenn sie Menschen nahen hören. Es gibt allerdings Situationen, in denen sie gefährlich werden können. Dazu zählen die Begegnung mit verletzten Tieren, mit Müttern, die Jungtiere bei sich haben, mit Tieren, die an Kadavern fressen oder wenn der Mensch einen Hund bei sich hat.

Es gibt eine Reihe von Verhaltensregeln, die beispielsweise von den Nationalparkverwaltungen in Nordamerika herausgegeben werden. Durch Lärm wie Sprechen, Singen oder ein Glöckchen am Fußgelenk soll verhindert werden, dass der Bär überrascht und erschreckt wird. Provokatives oder bedrohendes Verhalten sollte vermieden werden, dazu zählen auch Versuche, das Tier zu verscheuchen. Im Fall eines Angriffes soll man nicht weglaufen, sondern sich totstellen.

Trotzdem kommt es nahezu jedes Jahr in Nordamerika und Asien, selten auch in Europa, zu vereinzelten Todesfällen, die allerdings meist auf Provokationen oder unvorsichtiges Verhalten der Menschen zurückzuführen sind.

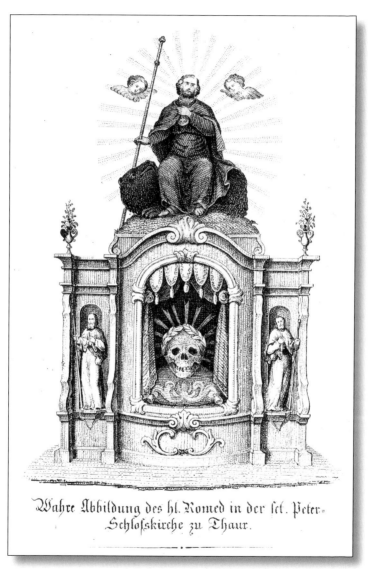

Wahre Abbildung des hl. Romed in der sct. Peter-Schloßkirche zu Thaur.

1851 wurden die Reliquien des Hl. Romedius vom Kloster St. Georgenberg-Fiecht in die Schlosskapelle Thaur übertragen (Lithographie Kravogl in Innsbruck, 1851, Stiftsbibliothek Fiecht).

Der Bär des Hl. Romedius

Östlich der Burgruine Thaur (bei Innsbruck) kann man schon von weitem am Waldrand das weiße Romedikirchl erkennen. Vermutlich handelt es sich dabei um die ehemalige Burgkapelle.

Der hl. Romedius soll der Legende nach im 4., 7., oder 11. Jahrhundert als Sohn eines „Grafen von Thaur" im Thaurer Schloss geboren worden sein. Romedius gehörte wahrscheinlich dem Geschlecht der Andechser an, welche die Herren von Thaur waren. Der Name „Romedius" kommt aus dem Althochdeutschen und bedeutet „Ruhm" und „Besitz", also „berühmter Besitzer". Für „Romedius" ist auch Remedius gebräuchlich. Romedius erhielt eine sehr religiöse Erziehung und zog sich in eine Felsenhöhle zurück, um dort zu meditieren. Zu Ehren des Apostels Petrus ließ er bei der Burg eine Kapelle errichten. Nach dem Tod seiner Eltern schenkte er seinen Besitz den Armen sowie den Bischofskirchen von Trient und Augsburg und pilgerte nach Rom zu den Gräbern der Apostel Petrus und Paulus.

Nach seiner Rückkehr ließ er sich im Nonstal im Trentino als Einsiedler nieder. Mit Hilfe von Vögeln, die ihm der Legende nach das Baumaterial auf die Felsen trugen, fand er den richtigen Platz für seine Einsiedelei. Er konnte zahlreiche Wunder bewirken und hatte regen Zustrom von Hilfesuchenden. Sein Gedenktag wird am 15. Jänner gefeiert. In Trient feiert man auch den 1. Oktober (Übertragung der Gebeine) als Gedenktag.

Auf den Rat des Bischofs von Trient zog er sich in die wilde Einsamkeit bei Tavon am Nonsberg, Erzbistum

Trient, zurück. In der Schlosskirche von Thaur ist noch heute der Hauptaltar ihm geweiht. Am Nonsberg ist seit dem 12. Jahrhundert ein Romediusheiligtum bezeugt, ebenso sein Fest in Trient. Messe und Offizium sind 1795 für Brixen nachweisbar, 1907 erfolgte die Kultbestätigung. Die Reliquien des. Hl. Romedius befanden sich früher im Benediktinerkloster St. Georgenberg-Fiecht und wurden 1851 der Pfarre Thaur in Tirol für die Wallfahrtskirche Peter und Paul (Romedikirche) überlassen.

Es haben sich über Romedius viele Legenden gebildet.

Als Romedius sein Hab und Gut verschenkt hatte, um dem Beispiel Christi zu folgen, machte er sich in einem ärmlichen Gewand auf und zog mit dem Pilgerstecken Richtung Rom, um dort an den Gräbern der Heiligen und Blutzeugen zu beten. Auf seiner Wanderung schloß er Freundschaft mit zwei adeligen Jünglingen, die gleichen Sinnes waren. Mit diesen wallfahrtete er Richtung Rom und kehrte unterwegs in Trient beim dortigen Bischof ein.

Als er dann in Sankt Peter am Grabe des Apostels Petrus mit großer Andacht gebetet hatte, war er von der Begierde erfüllt, in der Einsamkeit einzig Gott zu dienen. Da kam er auf der Rückfahrt von Rom mit seinen Gefährten Abraham und David wiederum zum Bischof von Trient und bat ihn, er möge ihm einen Platz für eine Einsiedelei anweisen. Der Bischof erfüllte seinen Wunsch und schickte ihn in eine waldige Öde am Nonsberg, wo ein hoher Felsen aufstieg. Dort fingen Romedius und seine Begleiter am Fuße des steilen Felsens den Bau der Klause an. Aber jedes Mal über Nacht wurden die hölzernen Dachschindeln von den Waldvögeln auf die Höhe des Felsens getragen; daraus erkannte Romedius: das sei die

*St. Romedius und seine beiden Begleiter Abraham und David mit dem ge-
sattelten Bären. Aus dem Büchlein „Der heilige Romedius von Thauer",
erschienen 1829 in Innsbruck (Stiftsbibliothek Fiecht).*

Stelle, die Gott ihm erwählt hatte. Also baute er oben am Felsen und lebte viele Jahre in Einsamkeit und Heiligkeit.

Mit der Zeit aber, als seine Kräfte verfielen und er ahnte, dass sein Ende nicht mehr ferne sei, hatte er Verlangen, seinen Freund, den Bischof von Brixen, noch einmal zu sehen. Er hatte ein kleines Pferd, das er auf weiteren Wegen ritt, seit er zu Fuß nicht mehr recht fortkam. Das bestieg er und zog mit seinen Gefährten Richtung Trient. Unterwegs rasteten sie im tiefen Wald und ließen inzwischen das Pferd grasen. Als sie aber wieder aufbrechen wollten, ging Bruder David nach dem Pferd sehen und bemerkte mit Schrecken, dass es ein wilder Bär zerrissen hatte. Bestürzt berichtete er davon Romedius. Der aber gebot ihm, hinzugehen und zu dem Bär zu sprechen: „Ich gebiete dir im Namen des allmächtigen Gottes, dass du seinen Diener Romedius und dessen Habe, anstatt des Pferdes, das du getötet hast, fortan tragen sollst."

David vertraute ihm und sattelte, zu seinem grossen Erstaunen, mühelos den wilden Bär. So ritt Romedius nach Trient , wo er festlich vom Bischof empfangen wurde.

Eine andere Legende erzählt: „Als Romedius vom Inntal kommend den Gampenpass überschritten hatte erschien ein wilder Bär aus den tiefen Wäldern und riss sein Pferd. Seine beiden Begleiter flohen voller Entsetzen. Der Graf aber ging unerschrocken auf den Bären zu, ergriff ihn am Ohr, zauste ihn tüchtig und sagte zu ihm: ‚Du hast mir mein Pferd gerissen, nun musst du mir als Reittier dienen'. Dann rief er seine Gefährten zurück, ließ dem wilden Tier den Sattel auflegen und seinen Pilgersack, und siehe da, gehorsam ließ es sich besteigen und trottete

St. Romedius und der gezähmte Bär. Aus dem Büchlein „Geschichte des heiligen Romedius von Thaur" (Lithographie von Kravogl in Innsbruck, 1841, Stiftsbibliothek Fiecht).

mit seiner Last nach Süden. Der Bär brachte Romedius tatsächlich nach Rom, und das Aufsehen in der Heiligen Stadt war ungeheuer. Später, als der Heilige sein Werk getan hatte, trug ihn der Bär wieder zurück in die Tiroler Berge. Der Bär habe den Pilger auch den Weg zur Klause gewiesen, berichtet die Legende.

Wie man sieht, gehen die „Meinungen" auseinander.

Nach einer Weile begegneten Romedius und der Bär zwei betrübten Eltern mit deren einziger Tochter, die seit Jahr und Tag besessen war. Als sie Romedius auf dem Bären reiten sahen, erkannten sie wohl, dass er ein heiliger Mann war, und riefen ihn für die Armselige um Hilfe an. Romedius, zu Tränen bewegt, stieg ab, kniete nieder und bat die Umstehenden, ihr Gebet mit dem seinigen zu vereinen. Da betete er so herzinnig, dass alsbald der Geist der Besessenheit von dem Mädchen wich.

Ganz ähnlich erging es mit einem fieberkranken Mann, der ihm unterwegs begegnete und durch die Fürbitte des heiligen Büßers geheilt wurde.

Die Legende berichtet weiter: Als Romedius noch nicht lange heimgekehrt war, fühlte er, dass seine letzte Stunde gekommen war. Da nahm er Abschied von seinen Mitbrüdern, ermahnte sie zur Beständigkeit und brüderlichen Liebe und bat sie, seinen Leib in dem Kirchlein zu bestatten, das sie neben der Klause erbaut hatten. Dieses war jedoch noch nicht geweiht. Aber Romedius offenbarte ihnen, dass es durch die heiligen Engel geweiht werden sollte. Danach empfing er die letzte Ölung und schied selig von der Welt. Während er für immer die Augen schloss, hörten, die bei ihm knieten, eine himmlische Musik, so süß wie kein Ohr je vernommen hatte. Zur selben Stunde aber klang in der Kapelle des Bischofs in

Der Hl. Romedius mit seinen Begleitern Abraham und David sowie dem Bären vor dem Kloster St. Romedio im Nonstal. (Kupferstich, 1819, Stiftsbibliothek Fiecht).

Trient von selbst das Glöcklein. Da wusste der Bischof, dass sein lieber Bruder heimgegangen war. Er machte sich auf und kam zu Romedius Leichnam. Diesen bestattete er nach christlichem Brauch im Kirchlein und hielt für ihn den Gottesdienst. Aber das Kirchlein zu weihen brauchte er nicht mehr, denn es waren die heiligen Engel herniedergestiegen und hatten es geweiht, so wie Romedius im Sterben vorhergesagt hatte.

Sein Begräbnisort San Romedio in Tavon am Nonsberg bei San Zeno in Trient/Trento ist bis heute ein beliebtes Wallfahrtsziel. Immer noch wird in San Romedio ein Bär in einem Zwinger gehalten. Der Hl. Romedius wird in Einsiedler- oder Pilgerkleidung, auf einem Bären reitend bzw. mit einem Bären und mit Pilgerstab in der Hand dargestellt.

Besonders verehrt wird der Hl. Romedius in den Diözesen Bozen-Brixen und Innsbruck. Er gilt als Patron bei Seenot und Gefangenschaft und Beschützer vor Feuer, Hagel, Überschwemmung, Fieber, Zahnschmerzen, Beinleiden.

Der Senator Graf G. G. Gallarati Scotti, Ehrenmitglied des Gründungskomitees des World Wildlife Fund (WWF), kaufte 1958 einen Bären Namens Charlie, den man töten wollte, um sein Fell zu verkaufen. Er ließ für Charlie einen Platz am Wallfahrtsort unter dem Schutz des hl. Romedius errichten. Die autonome Provinz von Trient kommt für die Braunbären, die in den Alpen im Adamello-Brenta Park vorkommen, auf. Sie sorgen mit der Zusammenarbeit des Wallfahrtsortes für die in Gefangenschaft lebenden Bären in San Romedio. In Zukunft könnten diese Bären das Aussterben der noch wenigen im Wald lebenden Exemplare verhindern.

Hl. Romedius, Stich um 1860 (Stiftsbibliothek Fiecht).

Ein Bär beim Imster Schemenlaufen. Sein „Pelz" ist aus Schaffellen.
Foto: Bilderarchiv TVB Imst-Gurgltal, Abber/www.imst.at

Bärige Fasnacht

Für buntes Treiben sorgen jedes Jahr im Fasching traditionelle Fasnacht-Veranstaltungen in Tirol. Das Wort Fasnacht ist seit 1200 urkundlich erwähnt. Es ist eindeutig von dem kirchlichen Begriff „Fasten" abzuleiten und bedeutete ursprünglich die „Fastennacht", den Vorabend und die Nacht vor Beginn der kirchlichen Fastenzeit. Historische Quellen über Tiroler Fasnachten lassen den Schluss zu, dass neben der Symbolik des Winteraustreibens der spielerische Moment eine wesentliche Rolle spielte bzw. spielt. Fasnachtsbräuche können sozusagen als eine Form des Schauspiels gesehen werden, das den Menschen einmal im Jahr ermöglicht, in eine andere Haut, eine Rolle zu schlüpfen und „verkehrte Welt" zu spielen.

Bei der traditionellen Tiroler Fasnacht spielen allerorts Bären und Bärentreiber bzw. ganze Bärengruppen eine wichtige Rolle.

Höhepunkt der Nassereither Fasnacht ist zum Beispiel der Kampf zwischen dem Bären und dem Bärentreiber, zwischen Winter und Frühling. Ein einzigartiges Schauspiel, das es wohl bei keiner anderen Fasnacht in Tirol so zu sehen gibt. Tiefe Symbolik und Mystik liegen diesem Kampf zugrunde. Der Kampf des Bären nach dem Zwölfuhr-Läuten gegen seinen Peiniger, den Bärentreiber, ist aus Nassereith nicht wegzudenken. Allerlei Kunststücke verlangt der grimmig blickende Treiber dem Bären ab, bis dieser rebelliert und den Treiber niederkämpft. Ein Springen, Schellen, ein Freudentanz der Masken ist die Folge über den, nach Überlieferung, besiegten Winter.

Die Nassereither Bärengruppe besteht aus Bär, Bärentreiber, Pfeifer und Sammler. Die Bekleidung des Bären
ist aus schwarzen Schaffellen hergestellt, ebenso Bärenkopf und „Tatzen".

Der Bärentreiber trägt eine lange blaue Hose, einen aus
groben, braunen Rupfen gefertigten Frack, schwarze
Stiefel und in der Hand einen langen, dicken Bergstock.
Die Maske des Bärentreibers ist eine der wertvollsten
„Larven" der Nassereither Fasnacht. Auf dem Kopf trägt
der Bärentreiber eine mit grauen Strähnen durchzogene,
schwarze Perücke und darüber eine flache, rote Mütze.

Der Bärensammler ist ähnlich gekleidet, er hält in den
Händen einen langen Stock mit einem Sack daran, ähnlich dem Klingelbeutel in der Kirche.

Der Bärenpfeifer trägt einen braunen Frack und eine
weiße Hose, am Kopf eine Fez. Eine Blechtrommel mit
Schlegel und eine Pfeife sind seine Ausrüstung.

Auch beim traditionellen Schemenlaufen in Imst und in
vielen weiteren Tiroler Orten sind Bären und Bärentreiber aus dem Geschehen nicht mehr wegzudenken.

Bei der Telfer Fasnacht sind für die große Gruppe der
„Exoten", „Orientalen" oder „Bären" besonders ein
brauner, ein weißer und ein schwarzer Bär neben vielen anderen „Viechereien" für die Namensgebung ver-
antwortlich. Jeweils vor Beginn der Fasnacht müssen
von der genannten Gruppe die drei wilden Bären beim
„Meaderloch", einem Ortsteil westlich von Telfs, ein-
gefangen werden. Das ganze Geschehen konzentriert
sich zunächst auf das erfolgreiche Einfangen der Bären.
Nach der „Zähmung" der Bären, die in der Folge nach
einem genauen Rhythmus der Trommeln, Tschinellen,
Flöten und vor allem des traditionellen Schellenbaumes

„dressiert" werden, geht es im gemeinsamen Zug zum ersten Aufführungsplatz.

Über die Bedeutung des Bäreneinfangens als Symbol des Frühlings über den Winter ist viel diskutiert und geschrieben worden. Auch hier weichen die Lehrmeinungen voneinander ab. Interessant ist, dass auf einer Reliefplatte des Goldenen Dachls auch ein „männchenmachender" Tanzbär abgebildet ist.

Die Darbietungen der Bärengruppe erinnern insbesondere an die Zeit der Wanderzirkusse, wie wir sie noch in Griechenland und anderen Staaten beobachten können. „Guat Tatz!" ist deshalb auch der Begrüßungsruf dieser „wilden Horde", deren akrobatische Leistungen von Fasnacht zu Fasnacht verfeinert, immer mehr Anklang bei den Zusehern finden.

Ein Bär beim Mullerlaufen in Thaur.
Foto: TVB Region Hall – Wattens/www.regionhall.at

Abwechselnd findet in den Orten der Region Hall ein Umzug statt, bei dem nach altem Brauch der Winter – in Gestalt des Zottlers – vom Frühling – verkörpert durch den Tuxer – bezwungen wird. Das „Mullerlaufen" galt in früherer Zeit wegen der Ausschweifungen der Mitwirkenden als öffentliches Ärgernis. Trotz vieler Verbote geriet es aber nie in Vergessenheit, was zeigt, wie tief dieser Brauch im Volksleben verwurzelt war und immer noch ist. Dargestellt wird der Umzug durch die einzelnen Figuren der Fasnacht, die den ewigen Kampf zwischen Gut und Böse, zwischen hell und dunkel (Recht und Unrecht) in einer beeindruckenden Art und Weise widerspiegeln.

Bär beim Mullerlaufen in Thaur.

Der Fasnachtsbär

Verbreitet war früher der Brauch, zur Fasnachtszeit einen Bären herumzuführen, oder „den Bären auszuführen". Gewöhnlich war es ein junger Bursch oder Knabe, welcher, von Kopf bis zu den Füßen in Stroh gehüllt und mit Strohbändern umwickelt, an einem Seil als Fasnachtbär unter Begleitung von Musik und Gesang im Dorf herumgeführt wurde und tanzen musste. Mitunter hatte er eine Kanne Bier in den „Tatzen", aus der er zu trinken anbot. Der Bär wurde dann „angeklagt", eine blinde Katze getötet zu haben, und dieses Verbrechens wegen in aller Form zum Tode verurteilt. Vor der Enthauptung wurden dem Katzenmörder zwei Geistliche beigestellt, die ihn trösten mussten.

Der Fasnachtsbär. Nach einer Originalzeichnung von Hans G. Jentsch. Aus: Die Gartenlaube, 1897.

„Bärenjagd" aus „Theuerdank", dem allegorischen „autobiographischen" Werk Kaiser Maximilians I. Es berichtet in bewusster sprachlicher und struktureller Anlehnung an die ritterliche höfische Epik des 13. Jahrhunderts von Brautfahrt und -werbung Maximilians („Theuerdank") um Maria von Burgund („Ehrenreich"). Der Erstdruck von 1517 war nur für einen engen Kreis um den Kaiser bestimmt, erste Veröffentlichung 1519 nach Maximilians Tod (Originalexemplar im Stift Fiecht).

Historische Bärenjagd in Tirol

In Zeiten, in denen das Großraubwild zu den selbstverständlichen Elementen unseres alpinen Lebensraumes gehörte, war es einer schonungslosen Verfolgung ausgesetzt. Einziges Ziel war die Ausrottung dieser „schädlichen" Tiere, da sie angeblich für Mensch und Tier eine große Gefahr darstellten. Überbordende Vorurteile in Bezug auf die Gefährlichkeit dieser „wilden Tiere" erzeugten im Menschen vor allem im Falle des Wolfes nicht nur Furcht, sondern auch derart gesteigerten Hass, der in ihm ein „abscheuliches, bluttrünstiges Monster" sah. Es mag also kaum erstaunen, dass im Mittelalter, in einer Zeit, in der die Jagd sukzessive zu einem elitären, herrschaftlichen Privileg avancierte, die sogenannten Raubtiere auch weiterhin nahezu uneingeschränkt getötet werden konnten, ja deren Erlegung durch entsprechende Prämien noch stark gefördert wurde.

Der Bär bildete gewissermaßen eine Ausnahme, denn er erfuhr auch in jagdlicher Hinsicht eine Mystifizierung. In diesem Sinne erklärt sich, dass der Bär als einziger großer Carnivore in der ersten Tiroler Jagdordnung vom 10. September 1414 unter den direkten Jagdschutz des Landesfürsten gestellt und dessen widerrechtliche Erlegung mit einer ungewöhnlichen hohen Strafe belegt wurde.

In Tirol mehren sich die Klagen über Übergriffe durch Bären und Wölfe erstmals im 15. Jahrhundert. Vor allem sei durch sie das Vieh auf ihren Weiden bedroht, klagten die Bauern. Kaiser Maximilian I. bestellte 1497 einen eigenen Wolfsjäger; eine Maßnahme, die sicher nicht ausreichend war, denn erst mit dem landesfürstlichen Mandat von 1507 wurde den Untertanen das allgemeine Recht zugesprochen, Bären, Wölfen und Füchsen mittels Fallgruben und Selbstgeschossen nachzustellen. 1525 mehrten sich die Beschwerden der Gerichtsleute von Villanders und Gufidaun, dass ihre „gebirg vil pern, wölf, lux, fux, tax und andere schedliche thier" haben, „die unns am vich und in den weingartn, wissen und ackhern großen schaden thuen", während die herrschaftlichen Jäger ihren Pflichten nicht nachkommen und diese bejagen, sondern nur das Jägergeld abkassieren. Im Zuge der Bauernunruhen erreichte man 1526 zwar das Zugeständnis, schädliche Tiere, „als pern, wölf und lux" wie von altersher fangen und jagen zu dürfen, doch bereits die Landesordnung von 1532 schränkte dieses Jagdrecht wiederum ein.

In den fürstbischöflichen brixnerischen Gerichten wurde die Jagd auf Großraubtiere in den ersten Jahrzehnten des 16. Jahrhunderts, zur Wahrung obrigkeitlicher Vorrechte verboten bzw. eingeschränkt. Im Gegenzug wurden aber die jeweiligen Pflegsverwalter verpflichtet, die Untertanen vor schädlichen Tieren zu schützen.

1602 beschwerten sich die Bauern im Gericht Rattenberg wiederholt, durch das Überhandnehmen der Wölfe und anderer Raubtiere große Schäden erlitten zu haben, und erzwangen die Abhaltung einer Treibjagd.

1747 geschah auf der Raschötzer Alm eine Treibjagd auf einen Bären, der „mermals ainen Oxen zerrissen" hatte.

Treibjagden auf Großraubwild, unter Verwendung von Schusswaffen, fanden im 18. und 19. Jahrhundert immer wieder statt.

Bärenhatz, Kupferstich von Augustin Hirschvogel, um 1545.

Obwohl in ganz Tirol in nahezu jeder Gemeinde eine oder mehrere Fallgruben bestanden, waren es erstens das verstärkte Vordringen der Schusswaffen, zweitens eine relative Liberalisierung des Jagdrechts und nicht zuletzt die ansehnlichen Schussgelder und Fangprämien, die die Bestände des Raubwildes rasch dezimierten.
Die landesfürstliche Verordnung vom 6. September 1818 gestattete auch Vertretern aus dem Bürger- und Bauernstand die Erwerbung des Eigentums oder Pachtes einer Jagdbarkeit, sofern sie dort ansässig sind. „Für die Erlegung der Raubtiere werden aus dem Staatsschatze Taglien bezahlt, und zwar für einen Bären männlichen Geschlechts 30 fl, für einen weiblichen Bären 40 fl, für einen Wolf 25 fl, für eine Wölfin 30 fl, für einen männlichen Luchs 20 fl, für einen weiblichen 25 fl. – Da im Durchschnitte 20 Bären, 12 Wölfe und 2 Luchse jährlich getödtet werden, so zahlt die Regierung hiefür ungefähr 1000 fl an Taglien", berichtet 1839 Johann Jakob Staffler

(Tirol und Vorarlberg statistisch und topographisch, I. Theil, Innsbruck 1839, S. 315).

Unter „Wilde Thiere" schreibt Staffler (ebenda S. 312), dass der Bär, „sich wenn gleich nur einzeln oder im Gefolge der jungen Brut in verschiedenen Gebirgsstrichen des Nordens und des Südens, als in den Seitenthälern des Wippthales, in der Gegend von Nauders, im Trafoithale, in den südlichen Gebirgsschluchten von Schlanders, im Thale Ulten, bei Tisens gegen den Nonsberg, am Mendelgebirge bei Kaltern, im Fleimsthale, selbst auf den Hügeln von Vezzano und im Bezirk Ala" zeigt, sowie „im Pusterthale, als in der Gegend von Sillian ... Sie tun großen Schaden an den Feldfrüchten, vorzüglich in den Weingütern, indem sie die Trauben ganz besonders lieben. Auch greifen sie junge Rinder und Schafe auf den Weiden an."

Jedoch führten mehr oder weniger Verfolgungswahn und eingebildete Ängste im 19. Jahrhundert zur Ausrottung des Großraubwildes.

Im großen und ganzen verschwand der Wolf schon viel früher als Luchse und Bären, wenn auch im Karwendel und Rofan 1813 noch zwei Wölfe gesichtet wurden, von denen der eine zwei Jahre später erlegt werden konnte.

Es wird überliefert, dass im 16. Jahrhundert im Achenseegebiet ungefähr 20 Bären erlegt wurden, 1834 noch einer in Steinberg am Rofan. 1906 tauchte im Falzthurntal/Pertisau ein prächtiges Exemplar auf. Holzarbeiter und Förster entdeckten seine Fährte im Schnee. Danach wurde er nie mehr gesehen; er scheint unser Land wieder verlassen zu haben. Um die Mitte des 19. Jahrhunderts trieb in der Leutasch ein Bär sein Unwesen, indem

Von erfolgreichen „Bärenhunden" gestellt und umzingelt!

er mehrere Kälber und Schafe riss; Jahre später konnte er im Walchenseegebiet in Bayern unschädlich gemacht werden. Ein bayerischer Jäger hatte ihn durch einen gezielten Kopfschuss zur Strecke gebracht.

In den Mitteilungen des Österreichischen und Deutschen Alpenvereins vom 31. Mai 1897 wird unter der Schlagzeile „Eine Bärin im Oberinnthale" folgendes gemeldet:

„Im Gemeindereviere von Pfunds im Oberinnthale erlegte am 11. Mai der Bauer Pedross aus Greit, der schon einmal einen Bären geschossen hat, eine fette, etwa siebenjährige Bärin, deren Spuren nebst den Resten eines zerrissenen Schafes am Montag auf einer Lawine gefunden worden waren. Der Bauer brachte die Beute im Triumph nach Pfunds".

In Südtirol wurde auf einer Treibjagd im Sarntal (am Guflreit auf der Villanderer Alpe) am 27. Juni 1900 ein Bär geschossen, am Reschen noch einer im April 1913.

Der letzte Bär in Nordtirol wurde am 14. Mai 1898 im Stallental bei Fiecht erlegt, der letzte Bär in Südtirol hingegen am 21. September 1944 im Pragser Tal.

So wie man mit den erlegten Tieren gerne im Land herumzog, um Spenden zu erbitten und Trophäen zur Schau zu stellen (so geschehen noch mit dem im Stallental 1898 erlegten Bären, der in einem Leiterwagen durch die Stadt Schwaz gezogen wurde und mit dem 1913 am Reschen getöteten Bären, der in einer Kraxe mit einer besonderen Stütze für dessen Haupt von Hof zu Hof getragen wurde), so wurden vielfach auch vom Jäger größere Körperteile, wie Kopf oder Pranken aufbewahrt und am Haus aufgenagelt.

Mögen diese anfänglich noch vermehrt apotropäischen Zwecken gedient haben, so wurden daraus im Laufe der Zeit immer mehr Beweisstücke weidmännischer Bravour. Magische Abwehrfunktion behielten weiterhin Zähne und Krallen der Tiere als pars pro toto. Bärenköpfe und Pranken, sowie Wildschweinschädel als eindeutige Jagdtrophäen fanden sich früher an mehreren Orten Tirols.

Weitere Körperteile vom Bär, Wolf und anderen Carnivoren wurden sowohl von der Schulmedizin als auch in der Volksheilkunde verwendet. Großer Beliebtheit erfreute sich das Bärenfett oder -schmalz, das neben dem Dachsschmalz in alten Fiechter Inventarien aufscheint.

Das Beispiel, welche Prämien in Kastelruth im 18. Jahrhundert den Jägern für erlegtes Großraubwild zugestellt wurden, soll als Einstieg und Verstehenshilfe dienen, wenn weiter hinten die diesbezüglichen Schussgelder in den Georgenberger Rechnungsbüchern angeführt werden.

Im 18. Jahrhundert wurden im Gericht Kastelruth folgende Abschuß- bzw. Fangprämien ausbezahlt: 1709 dem Freiding im Tal „von ain geschossenen Wolf" fünf Gulden; 1714 dem Forstknecht und Reißjäger Balthasar Planetsch für eine „geschossene Wölfin" zehn Gulden und dem Balthasar Planer für einen „ermorten" Wolf fünf Gulden; 1717 für „gefangene zwei Wölfe und 3 Luchse" insgesamt 26 Gulden; 1722 dem Georg Torggler für einen Luchs vier Gulden und dem Pfleger Engelhart Prugger für vier gefangene Wölfe 16 Gulden; 1727 dem Jäger Balthasar Planetscher für einen „gfangen Lux" zwei Gulden 16 Kreuzer; 1734 demselben eine nicht näher definierte Prämie; 1743 dem „Reißjäger allda" Hans Scherer für einen „gefälten Peern" sechs Gulden; 1747 dem Balthasar Planetscher für einen „Wolfs Prankhen" vier Gulden und 1788 dem Jäger Alois Hochgruber für einen „erschossenen Schlag Pern" sechs Gulden 18 Kreuzer. 1796 erhielt Alois Hochgruber „wegen erschossene 2 Wölfinnen" eine Belohnung von vier Kronen Taler per neun Gulden 36 Kreuzer...

(Vgl. Christoph Gasser, „Wilde Tiere" unterm Schlern, in: Der Schlern 2/2003, S. 5-23, bes. S. 14f)

Äbtliche Bestätigungen zur Einholung der entsprechenden Fangprämien

Bevor wir die klösterlichen Rechnungsbücher einsehen, sei ein äbtliches Attest angeführt, das auffallende jagdliche Beute beinhaltet. Das Aktenstück 19 des Faszikels „Jagdbarkeit im Achenthale und Pertisau, 1670 – 1792" (Lade 18/1) berichtet folgendes:

Abt Maurus Schaffer bestätigt am 6. August 1721 dem Klosterjäger im Achentaler Jagdgebiet Jörg Jaud, daß er mit Beihilfe des Forstknechts Se. kayserl. Majestät Paul Diechtl und Thomas Mösner am 30. Juni dieses Jahres „im besagten unserm Closter aigenthumblich zuestehenden Jagtparkheit in sogenant Schmidloch in einer zu dem Ende aufgerichten Falle ein zimblich gros und schadhafften Peren gefangen. Dieweilen aber erdeiter Jörg Jaud seiner gewohnlichen Holzarweith obgelögen der hierzue bestölte Aufsöcher den bereits gefölten Peren aus Verwahrlosung in Verwehrung [Verwesung] geraten lassen, warzue die Corrostion des Keders bey iezig warmbner Summerzeith villes beygetragen; er dahero keine andere Zeichen als die hinteren Prazen nöbst einen Theil der Haut auszuweisen, doch aber von meniklichen selber Gegendt dises Fangs halber genuegsambe autentische Zeickhnuss hat. Als haben wir mer ersagten Jörg Jauden zu Steuer der Warheith und damit sambt seinen Mitintressenten wegen ihrer angetaneten Miehe eine gebihrende Ergözung haben megen, gegenwertiges Attestatio … erteilt…"

Die Georgenberger Rechnungsbücher zeigen, wie hoch die Taxe (vergleichbar mit einer „Gefahrenzulage") war, die die Äbte den „Bärenschützen" verabreichten.

< „Der erlegte Bär" Lithographie (ca. 34 x 42 cm) von Van der Verne, Wien um 1880 (Privatbesitz Martin Reiter)

*1642 (5. November) „einem Schützen, der einen Pern Kopf
     herumgetragen" 6 kr*

1648 (9. Mai) „zween Pernschüzen" 9 kr

1649 (25. Mai) „zween Pernschüzen" 11 kr

1649 (11. Juli) „zween Pernschüzen" 9 kr

1649 (9. Dezember) „einem Hof-Pernschüzen" 15 kr

1650 (28. Juni) „zween Pernschüzen" 9 kr

1652 (12. März) „zween Pernschüzen" 9 kr

1653 (17. November) „einem Pernschüzen" 8 kr

1655 (1. November) „einem Pernschizen" 9 kr

1656 (30. November) „zween Pernschüzen aus der Thiersee" 9 kr

1665 (6. Februar) „zween Jägern (Bärenschützen?) verehrt" 12 kr

1671 (15. Juni) „den Häring, Jeger von Insprugg, Pernsteur" 15 kr

1674 „dem Klosterjäger Wilhelm Jaud fir das Pernschiessen" 48 kr

*1676 (9. November) „2 Jägern aus den Prantenperg wegen 3
     gefangnen Pern" 15 kr*

1677 (4. September) „einem Pernschizen" 30 kr

1677 (10. Dezember) „zween Pernschizen" 12 kr

1678 (11. Mai) „zween Pernschüzen" 18 kr

*1678 (29. September) „ainem Mann von Vompp, der er auf der
     Hochalm das Khüevich vor den Pern gehiet" 1 fl 24 kr*

1680 (17. Juli) „dem Closter Jäger umb ain claine Pernhaut" 30 kr

1680 (1. November) „Sebastian Roregger Pernsteur" 30 kr

1680 (30. November) „einem Jäger Pernsteur" 9 kr

*1680 (30. November) „aber ainem Payerischen Jäger
     Pernschußgelt" 9 kr*

1681 (21. Februar) „ainem Jäger Pernsteur" 9 kr

1681 (31. März) „einem Jäger Pernsteur" 9 kr

1682 (16. Juni) „5 Pollaken für den Perntanz" 15 kr

1682 (27. Juni) „einem Pernschüzen" 15 kr

1682 (7. November) „2 Pernschizen geben" 30 kr

1682 (31. Dezember) „dem Trazperger Jäger Pernsteur" 30 kr

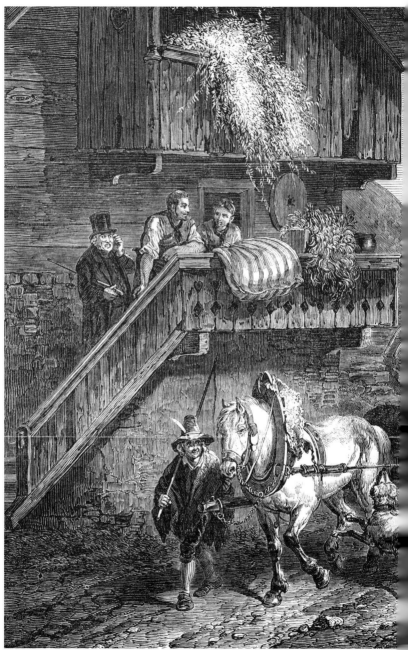

1684 (6. Mai) „Pernsteur" 15 kr

1684 (31. Mai) „2 Jägern Pernsteur" 24 kr

1685 (6. Februar) „ainem Pernschizen" 12 kr

1685 (19. August) „ainem Pernschizen" 1 fl

*1685 (19. Dezember) „Petern Unterpergern fir ain Pern
    Schußgelt" 9 kr*

1690 (6. Juni) „einem Pernschüzen" 1 fl

1690 (12. Juni) „ainem Pernschizen verehrt" 1 fl

1690 (15. Juli) „mer ainem Pernschizen geben" 1 fl 45 kr

*1690 (12. September) „dem Pernhietter für 5 Wachen bezalt"
    1 fl 50 kr*

1690 (12. Dezember) „2 Pernschüzen" 1 fl

1690 (15. Dezember) „abermahl sollchen" 1 fl

1691 (12. April) „ainem Pernschizen geben" 30 kr

*1691 (Juni) „R. P. Placidus verrait im Juni ainem Pernschizen"
    1 fl 15 kr*

1691 (15. November) „ainem Pernschizen" 1 fl

1693 (9. Oktober) „einem Pernschizen" 34 kr

1694 (29. Mai) „ainem Pernschizen" 1 fl 3 kr

1694 (24. Juni) „ainen Pernschizen" 36 kr

1694 (6. Juli) „ein Pernschizen" 14 kr

1694 (20. Juli) „dem Jäger, der 3 Pern erlegt" 1 fl

*1695 (6. Juni) „denen Jägern in der Riß Schußgelt wegen eines
    großen Pern" 3 fl*

1695 (13. Dezember) „2 Pernschüzen" 1 fl 12 kr

1696 (5. Januar) „den Pernschizen Steur" 34 kr

1696 (11. Jänner) „einem Pernschizen aus den Prantenperg" 21 kr

1696 (26. Jänner) „zween Pernschizen aus den Prantenperg" 34 kr

1696 (7. Juli) „wegen des Pernkopfs einem Jäger Almosen geben" 17 kr

---

< *„The Tyrolese Bear-Hunters", Stahlstich aus „The Illustrated London News", 24. November 1849 (Privatbesitz Martin Reiter)*

1696 (10. Dezember) „ainem Pernschüzen aus den Stainperg" 34 kr

1696 (11. Dezember) „ainem dergleichen" 17 kr

1697 (5. Juli) „ fir die Pernhaut das Arbeiterlohn bezahlt" 1 fl 12 kr

1698 (17. Februar) „Michaeln Jaud fir den großen Pern verehrt" 6 fl

1698 (2. Juni) „mer den 2. dito ainem Pernschizen" 21 kr

1698 (17. August) „denen zween Jägern aus der Riss wegen des Pern" 51 kr

1698 (18. November) „des Jäger Sohn, wie selber die Pernhaut yberpracht" 34 kr

1698 (15. Dezember) „d. Khirschner zu Schwaz fir Arbeitung der Pernhaut" 1 fl 24 kr

1699 (23. Jänner) „item ainem Pernschizen" 14 kr

1699 (1. August) „einem Pernschizen von Walt" [= Gnadenwald] 30 kr

1699 (20. November) „einem Pernschizen" 17 kr

1700 (19. Jänner) „einem Pernschüzen" 33 kr

1701 (11. Dezember) „2 Pernschüzen" 30 kr

1701 (27. Dezember) „Pernschüzen aus der Perdisau" 1 fl 8 kr

1702 (29. Juni) „den Prantenperger Pernschüzen" 1 fl

1721: attestierte Abt Maurus Schaffer dem Klosterjäger Georg Jaud und seinen Helfern, dass in Achental am 30. Juni (1721) ein großer Bär in die Falle gegangen ist.

1793 (23. Februar) „einem Jäger mit einem Pernkopf" 36 kr

Bärenjagd 1830 in Tux

Im Tal Tux gingen am 9. Mai [1830] mehrere Jünglinge auf die Jagd; plötzlich sahen sie einen Bären; die Schüsse gingen fehl und der Bär lief nach abwärts und auf den Jäger Balthasar Erler zu, der nichts ahnend unter einer Staude saß; der Bär warf sich auf den Jüngling, brachte ihm Wunden bei und stürzte ihn 18 Klafter tief in einen Strudel des wilden Bergstroms Niklas. Auf dessen Angstgeschrei kamen die andern und es schien, als ob der Erler verloren wäre, denn nur mehr die Füße ragten aus dem Wasser. Aber der 18jährige Jüngling Georg Geisler sprang in den Strudel, erwischte den Erler bei den Haaren und zog ihn bewußtlos heraus. Geisler erhielt für diese Tat von der Landesstelle die Lebensrettungsprämie von 25 Gulden.

Bothe für Tirol und Vorarlberg, 17. Juni 1830

Die Erlegung des letzten Bären Nordtirols 1898

Über das Auftauchen eines starken „schwarz-braunen" Bären im Karwendel am Ende des 19. Jahrhunderts berichteten die damals einschlägigen Tagesblätter. Als man 1896 seine – wie es zunächst hieß – riesigen Tatzenabdrücke im Neuschnee bei Pertisau entdeckte, ergriff die dortigen Feriengäste große Angst vor diesem „Ungetüm". Den Tiroler Zeitungen scheint aber die Kunde entgangen zu sein, dass besagter Bär bereits 1893 zum ersten Mal in der Nähe des Birkkares gesichtet worden war. Das geht eindeutig aus dem Schriftverkehr des Jagdarchivs (Sachsen-Coburg) in Hinterriß hervor.

Freilich glaubte die Jägerschaft diese Meldung noch nicht recht, zumal Bären im 19. Jahrhundert im Krawendel ja nicht mehr zum „Standwild" zählten, und man sich ein Überwechseln aus unserem südlichen Landesteil oder gar aus dem Engadin nicht gut vorstellen konnte.

Zwischen 1893 und 1895 ist der Bär selber zwar nicht mehr gesehen worden, wohl aber entdeckten Almleute und Gamsjäger so manche Bärenfährte im Schwemmsand des Karwendelbaches; auch riss Meister Petz Weidevieh auf der Angeralm.

Am 15. Juni 1895 berichteten diesbezüglich zum ersten Mal die „Mitteilungen des D. u. Ö. Alpenvereins" (Nr. 11), wenn es auf Seite 134 heißt:

„Anlässlich einer Besteigung des Staner Joches (2102 m) am 31. Mai (1895) gelang es mehreren Mitgliedern des Akademischen Alpenclub, frische, auf dem Schnee deutlich ausgeprägte Fährten eines Bären zu entdecken, welcher aus der Richtung des Stallenthales kommend, nach den Fährten zu schließen, wahrscheinlich gegen den im Süden von Pertisau aufsteigenden Bärenkopf hinübergewechselt war. Die Fährten des Bären massen in der Länge genau 25 Ctm., in der Breite, vorne bei den Krallen gemessen, 16 Ctm."

Im Mai 1896 wechselte der Bär von Hinterriß ins Bächental ein, scharrte auf der Eiskönigalpe einen unter einer Schneelawine verschütteten Hirschen aus und verzehrte ihn in aller Ruhe. Das berichtete am 21. Mai 1896 der Jäger aus dem Bächental, Draxl, dem Forstmeister Redl in der Pertisau. Zwischen Mai und Oktober wechselte der hungrige Bär innerhalb der Reviere Achental, Bächental, Hinterriß und Pertisau. Am 25. Oktober 1896 wurde er am Tristenkopf in Pertisau gesehen; der Coburgische Jäger, Kern, verfolgte mit seinem noch jungen Forstgehilfen aus dem Zillertal dessen Fährte und schoss in einer Distanz von 50 Schritten auf den Bären. Der erste Schuss fehlte, aber der zweite scheint das mächtige Raubtier ein wenig angeschweißt zu haben, doch der Bär war stark genug, um über die Tristenau, das Stanerjoch, den Lunstsattel und Gramai-Hochleger das Weite nach Hinterriß hinüber zu suchen.

„Ein Bär im Karwendel", so betitelten die „Mitteilungen des D. u. Ö. Alpenvereins" (Nr. 21) in ihrer Ausgabe vom 15. November 1896 diesen Vorfall und schreiben auf S. 265 f. darüber folgendes: „Durch mehrere Blätter ging im Laufe des Sommers wiederholt die stets angezweifelte Nachricht von dem Vorkommen eines Bären im Karwendelgebirge, und zwar in der Gegend vom Stanerjoch und der Hinterriss. Wir nahmen bisher keine Notiz da-

Stallental mit Fiechter- und Mittagsspitze (2336 m), Foto von Kaspar Angerer, Schwaz (um 1890).

von, weil wir die Nachricht für erfunden hielten. Nun berichteten verschiedene Tagblätter, daß es zwei Jägern (Kern und Brunner) thatsächlich gelungen sei, den Bären aufzustöbern und – auf dem Tristenkopfe – auch anzuschießen; leider war es nur ein Weichschuß, der dem

Thiere beigebracht wurde, und die einbrechende Nacht setzte der Verfolgung ein Ende. Am anderen Tage stieß, nach den gleichen Berichten, Graf Konstantin Thun am Stanerjoche auf die Fährte, welche über die Karalm zum sogenannten Hahnenkamm und über den Gamsboden zur Naudersalm, dann über das große Lunstjoch nach Gramai führte, aber auch diesmal hinderte die Nacht die weitere Verfolgung. Tags darauf soll der Bär in Hinterriss gesehen worden sein."

Auch der Abt des Klosters Fiecht, Albert Wildauer (Abt von 1875 – 1915) betätigte sich als Berichterstatter in der Beilage zum „Andreas Hofer" (Nr. 45/1896). Wir wollen dazu auch seine Darstellung lesen:

„Also ist es doch ein vierbeiniger leibhaftiger Bär, welcher seit drei Jahren das Karwendelgebirge und im letzten Jahre die Gegend vom Stanerjoch, Fiechter Stalle, das Hinterland von Pertisau und die Hinterriß unsicher machte, und dessen Existenz so oft abdisputiert wurde, so oft der Bär ganz handgreifliche Beweise seiner Gegenwart hinterlassen hatte. Man hielt es einfach für unmöglich, daß sich hierher ein Bär verlieren und so lange sollte halten können, ohne gesehen und erlegt zu werden, und schrieb daher die zerfleischten Schafe und Rinder lieber der verbrecherischen Hand eines zweibeinigen Bären, wie die Leute sagten, zu. Einzelne Jäger in Pertisau waren allerdings schon Mitte August auf seine Spuren gestoßen und waren von seiner Existenz überzeugt – gesehen hatte ihn aber niemand. – Am 25. Oktober 1896 endlich fand man in der Niederung des Pertisauer Hinterlandes auf der sogenannten großen Mitte im Schnee die ganz frischen Spuren des Bären; wer Lust hatte mitzumachen, war eingeladen zur großen Bärenjagd.

Der Tristenkopf, wohin die Spuren führten, wurde umstellt, und zwei tüchtige Jäger, Kern und Brunner hielten sich an die Fährte, welche bis unter die Spitze des Tristenkopfes emporführte. Die Spuren wurden immer frischer und endlich erreichte man das noch warme Lager des Bären. Wochenlang war Kern dem Bären zu lieb schon gegangen, alles Wild hatte für ihn keinen Werth mehr bei dem Gedanken an den Bären und nun stand das gewaltige Thier in einer Schußweite von zirka 150 Schritten vor den beiden Jägern.

Im Eifer war Kern mit seinem Schuß zu wenig wählerisch; der Bär sprang in die Höhe, machte etliche Sätze aufwärts und erhielt von Kern die zweite Kugel nachgesandt; der Bär schien zu wanken, schlug sich dann aber in die Latschen hinein und entfloh, Blutspuren hinter sich lassend. Die einbrechende Nacht setzte der Verfolgung ein Ende. Am anderen Tag stieß Graf Konstantin Thun am Staner Joch auf eine Fährte. Sie führte über die Alpe Kar zum Hahnenkamm, hinab zu den Gamsböden, hinüber auf die Alpe Nauders (lauter Gegenden, wo er den Sommer über Schafe zerrissen hatte) und von dort über das große Lunstjoch hinunter nach Gramai. Wieder hinderte die Nacht ein weiteres Verfolgen. Tags darauf meldete ein Telegramm die Anwesenheit des Bären in Hinterriß.

Es ist ein stattliches Thier: Sein gewöhnlicher Ausschritt zwischen den vorderen und hinteren Füßen mißt 2 Meter; seine Tatze ist 21 cm lang und 15 cm breit.

Vor alten Zeiten mag die Gegend von Pertisau ein beliebter Aufenthaltsort von diesen Raubthieren gewesen sein, wie uns die überlieferten Ortsnamen noch bestätigen. Da gibt es nicht nur einen Bärenkopf, sondern sogar ein Bärenbad; heute noch vorhandene Pfützen auf der Bärenbadalm rechtfertigen wenigstens theilweise diesen Namen. Wird der Bär seinen Schußwunden erliegen, wird er frühzeitig sein Winterlager beziehen? Diese Fragen werden kaum beantwortet werden können, bevor es wieder einen neuen Schnee wirft, der es möglich macht, die Spuren zu verfolgen. Wünschenswerth wäre es, wenn dem gefährlichen Raubthiere endlich das Handwerk gelegt würde. Weidmanns Heil!"

Im Winter und Frühjahr 1896/97 scheint Meister Petz im Gleirschtal ständigen Aufenthalt genommen zu haben. Jegliche weidmännische List half nicht, das Tier zu fangen bzw. zu töten. So wich der Bär einem schweren Raubtierschlageisen, das man in die Katzenkopfklamm legte, geschickt aus; ja selbst mit Strychnin injiziertes als Köder ausgelegtes Rotwild war nicht seine letzte Mahlzeit; der schlaue Bär hatte das Stück nur angerissen, 100 Meter verschleppt und dann liegen lassen. Die k. k. Forstverwaltung in Hall teilte am 20. Mai 1897 mit, dass Förster Wörndle im Halltal einen Bären beobachtete, als er gerade ins Gebiet des Samatales einwechselte.

Die Gemeindevorstehung von Absam bestätigte, dass durch einen Bären im Viehbestand nicht unbedeutender Schaden entstanden sei. Unter dem 24. Mai 1897 schrieb der „Bote für Tirol", Meister Petz würde sich im Gebiete von St. Georgenberg aufhalten, daher sollten die frommen Pilger außer dem Rosenkranz noch einen Schießprügel mitnehmen, wollten sie ihres Lebens sicher sein. In der darauffolgenden Nummer derselben Zeitung wurde der Abschuss dieses Bären bei Terfens vermeldet. Unmittelbar nach dieser Meldung tauchte aber wieder ein Bär in der Pertisau auf. Waren es gar zwei Bären ge-

St. Georgenberg – die Pilger sollten neben dem Rosenkranz auch einen Schießprügel mitnehmen, Foto von Kaspar Angerer, Schwaz (um 1890).

wesen, die da ihr Unwesent trieben? Eher nicht! Dem „Boten für Tirol" dürfte eine Fehlanzeige passiert sein! In den Schilderungen des Försters Karl Schinagl (1898 – 1984; ab 1934 in Hinterriß stationiert, wo er als herzoglicher Coburgischer Revieroberverwalter i. R. am

15. Mai 1984 verstarb) war es ein und derselbe Bär, der 1898 am Eingang des Stallentales geschossen und der im Sommer und Herbst 1897 im Vomperloch und auf der Hallerangeralm von Terfner Bauern verfolgt wurde. Schinagl ließ sich diese „Bärengeschichte" im Jahre 1969 vom damals 95jährigen Hans Schallhart aus Terfens schildern, der kurz danach (3. Juni 1969) verstorben ist. Schallharts Erzählungen sind authentisch. Schinagl brachte die mündlichen Aussagen Schallharts zu Papier und druckte diese in seinem ersten Buch „Jagdgeschichte aus dem Karwendel" 1975 ab. Der Augenzeugen-Bericht sei hier wörtlich wiedergegeben:

„Im Sommer 1897 hat der Bär im Vomperloch, im Gebiet der Hallerangeralm sein Hauptquartier aufgeschlagen, als ihm dort die zahlreichen aufgelassenen Bergwerksstollen günstigen Unterschlupf boten. Hier ließ er es sich in seinen Verstecken gut gehen und holte sich nach Bedarf seine Schafe zum Verdruß und Schaden der Alpbauern. Dieses Unwesen wurde auch den Alm- und Eigenjagdbesitzern auf der Hallerangeralpe – Johann und Isidor Schallhart vom Kirchbichlerhof in Terfens – zu dumm; sie waren jetzt fleißig dahinter, dem verhaßten Meister Petz das Handwerk zu legen, hatte er ihnen doch in der letzten Zeit wohl über 30 Schafe und Lämmer gerissen. Es war gar nicht leicht, diesen Burschen zu Gesicht zu bekommen, da er sich tagsüber nur ganz selten sehen ließ, und sogar in mondhellen Nächten ganz vorsichtig zu Werke ging.

Um den Bären in's Garn zu locken, haben sie ihre Schafe auf dem Überschallboden zum Nächtigen zusammengetrieben, und dieser Schafherde würde er bestimmt einen nächtlichen Besuch abstatten. In der sternhellen Nacht

1897 bezog der Bär im Vomperloch (im Bild die Pfannenschmiede) sein Hauptquartier, Foto von Kaspar Angerer, Schwaz (um 1890).

zum 27. Juli 1897 hielten die beiden Brüder Vorpaß, als sie den Wechsel des Bären so einigermaßen ausfindig gemacht hatten. Der Hans, ausgerüstet mit einem Werndlstutzen Kaliber 11,6 mm, und der Isidor mit einem Wenzelgewehr etwa der gleichen Kanone.

In der Brandl-Rinn lagen noch Schneelawinen-Reste und, wenn diese der Bär bei seinen nächtlichen Raubzügen passierte, müßte er auf dem weißen Hintergrund doch so gut zu sehen sein, daß er ein einigermaßen sicheres Ziel böte.

Und siehe da, um halb 11 Uhr nachts stand der Bär auf der Lawine, Hans hat ihn schon kommen gehört, und während er einen kurzen Moment sicherte, ließ er auf 30 Schritte die Kugel fliegen und weg war der Beschossene. Wie sich frühmorgens nach dem Tagwerden zeigte, waren am Anschuß auf dem Schneefelde Schnitthaare und Schweiß zu finden. Der Bursche war also getroffen und wird bestimmt nicht mehr weit gegangen sein. Die Schweißfährte führte in Richtung Sundiger, wo sie sich trotz langer und gewissenhafter Nachsuche verlor. Wundbett war auch keines zu finden. Seine Zeit war also noch nicht abgelaufen, nachdem er im Oktober, ein Jahr zuvor die Kugeln des Jägers Kern am Tristenkopf in Pertisau auspariert hatte.

Der Bär wanderte am 21. April 1898 durch das Karwendeltal, war daselbst an beiden Fütterungen Kirchlbach und Larchet Nachschau haltend, schlug jedoch kein Stück. In der Nacht vom 25. auf den 26. April war er über's Plumsjoch nach Pletzach in's Revier Pertisau ausgewechselt und am 29. April spürte man ihn über dem Gramai-Hochleger in Richtung Eng.

Am 14. Mai 1898 wurde der Bär in der Gegend Stalln-Fiecht im Neuschnee gespürt, sein Einstand bestätigt und vom Gräflichen Enzenberg'schen Jagdpersonal unter Teilnahme einiger sicherer Kugelschützen bejagt. Erlegt hat ihn der damals 20jährige Graf Konstantin Thun-Hohenstein aus Innsbruck.

Konstantin Graf Thun als Zwanzigjähriger, mit dem von ihm am 14. Mai 1898 auf der „Lichtrast" am Fiechter Joch erlegten Bären. Das Kreuz zeigt den Erlegungsort des Bären. Foto aus dem Stiftsarchiv Fiecht.

Das Gewicht des sehr starken, aber sehr abgemagerten Bären betrug 117 kg."

Die Bärenjäger am 14. Mai 1898 waren folgende: Graf Konstantin von Thun und Hohenstein (Erleger des Bären; Graf Konstantin war geboren 1878 und starb 1962; er war ein Sohn des Feldzeugmeisters Graf Franz Thun und der Auguste Eugenie, Gräfin von Württemberg, Fürstin von Urach), dann Hugo Graf Enzenberg, weiters die auf dem Foto bezeichneten Jäger und 16 Treiber.

Wir lesen dazu noch zwei Berichte; der erste befindet sich in den „Mitteilungen des D. u. Ö AV (Nr. 10) vom 31. Mai 1898 und lautet: „Der Bär im Karwendelgebirge, welcher seit drei Jahren das Gebiet westlich des Achensees unsicher machte und über den wir bereits mehrmals berichtet haben, ist nun endlich am 14. Mai durch den Grafen Konstantin Thun erlegt worden.

Über die Erlegung dieses lange verfolgten Raubthieres hat uns Herr Eberhard Graf Enzenberg (seit Gründung des Alpenvereins Mitglied desselben) freundlichst den nachfolgenden kurzen Bericht gesandt: Am Ausläufer der Mittagspitze, nordwestlich von Schwaz gegen Stans zu, wurde am 14. Mai um 4 Uhr 30 abends der Bär, der schon seit einer Reihe von Jahren in den Thälern des Karwendelstockes umherstreifte und zahlreiche Schafe zerriss, durch einen Kuglschuss an Genick und Unterkiefer schwer verletzt, vermochte aber noch in das Stallental bei St. Georgenberg zu flüchten, wo er über eine Felswand stürzte und verendete. Die von den Herren Petz und Plattner in Schwaz und vom Graf Enzenberg beigestellten Treiber hatten den Bären von zwei Seiten genommen und trieben ihn der an der Grenze der bei-

Der 1898 erlegte „Vomperloch-Bär" (Foto Stiftsarchiv Fiecht).

derseitigen Jagdreviere auf dem waldigen Grate aufgestellten, aber nur schwach besetzten Schützenlinie zu. Am Lichtrastkopfe, circa 1700 m, wollte das Raubtier eben an dem Stande des 20jährigen Grafen Konstantin Thun (Alpenvereinsmitglied) vorüber, als dieser ihm die tödliche Kugel zusandte. Der Bär richtete sich trotz seiner schweren Verwundung zuerst gegen den Schützen auf, brach aber dann zusammen und flüchtete gegen das Stallenthal, wo er, wie erwähnt, über eine Felswand abstürzte und von den verfolgenden Jägern verendet aufgefunden wurde. Das Thier ist ein Männchen, trug noch den Winterpelz, war von brauner Farbe, wog 117 Kilo, maß von der Schnauze bis zur Schwanzspitze 175 cm, mit ausgestreckten Pranken 230 cm, und an Brustumfang 150 cm. Die Decke ließ nirgends ältere Verletzungen erkennen."

50 Jahre nach der Erlegung des Bären erschien in der Tiroler Tageszeitung (Nr. 110/1948, S.2) mit nur geringfügigen Änderungen ein Artikel von Herrn Rudolf Graf Enzenberg (1868 – 1932), den dieser bereits 1928 verfasst hatte. Er soll hier wiedergegeben werden, da diese Auf-

zeichnungen wohl die größte Glaubwürdigkeit besitzen. Es heißt da:

„Das Ende des Vomperloch-Bären.

Eine Erinnerung an die letzte erfolgreiche Bärenjagd in Nordtirol.

Heute vor 50 Jahren – am 14. Mai 1898, halb 5 Uhr nachmittags – fiel im oberen Stallental bei St. Georgenberg ein Schuß, der ein ungewöhnliches Wild, den bisher letzten Bären in Nordtirol, zur Strecke brachte ... Da wechselte zu Beginn der Neunzigerjahre, wahrscheinlich aus dem Ortlergebiet oder aus den Schweizer Alpen, ein Bär in das Karwendel, von wo aus er alljährlich zu Beginn des Frühlings seine Raubzüge in die Wälder des Achensees, des Falzthurntales, des Stallentales, besonders des Vomperloches unternahm und seine Spuren in Gestalt zerrissener Schafe hinterließ. Da dieses am häufigsten in den Bergen um Vomp beobachtet wurde, nannte man den Bären, der jahrelang nicht gesichtet werden konnte, im Volksmund den Vomperloch-Bären. Erst ab 1896 wurde das Raubtier ab und zu gesichtet, konnte sich aber infolge seiner außerordentlichen Gewandtheit und Schnelligkeit jeder Verfolgung entziehen. Wiederholt wurden im Vomper- und Achenseegebiet Treibjagden auf den Bären veranstaltet, die aber erfolglos blieben. Endlich schlug die Schicksalsstunde des gefürchteten und von der gesamten Jägerschaft leidenschaftlich ersehnten Wildes am Samstag, den 14. Mai 1898.

In den frühen Morgenstunden dieses Tages hatte der Schäfer des Klosters Fiecht, der alte Jaud, wieder ein gerissenes Mutterschaf aus seiner Herde gefunden und die Spur des Bären im Stallnerwald verfolgt. Daraufhin eilte Jaud sogleich nach Fiecht zum Prälaten Wildauer

Mit den Worten „Herrn Paul Kellerer [Grafengärtner] zur Erinnerung an meinen ersten Bären und seine Anteilnahme an der Jagd – Schwaz 14. Mai 98" widmete Konstantin Graf Thun von Hohenstein ein Erinnerungsfoto von der Bärenjagd.

und meldete ihm, daß er dem Bären auf der Spur sei. Der Prälat bot sofort die Jägerschaft des Vomper und des Fiechter Reviers auf, und schon um die Mittagszeit hatten sich auf der sogenannten Lack, einem Waldschlag oberhalb von Fiecht, folgende Weidmänner mit 16 Treibern eingefunden: Von der Vomper Jagdgesellschaft

Die letzte Nordtiroler Bärenjagd 1898 (von links): Leonhard Steinlech-
ner, Enzenbergischer Gutsverwalter, Hugo Graf Enzenberg (hier im Alter
von 60 Jahren); Konstantin Graf Thun-Hohenstein (Erleger des Bären);
Penz, Schwaz, Jagdpächter Vomp; Plattner, Schwaz, Jagdpächter Vomp;
Paul Kellerer, Stans, „Grafengärtner" bei Enzenberg; Peter Grießenböck,

Jäger und Schlosswart in Tratzberg; Fürthaler, Schwaz, ärarischer Jäger.
Nicht auf dem Bild sind: Margreiter, Schwaz und Kaltschmid Franz
aus Fiecht (er war damals Aufsichtsjäger bei Graf Thun im Stallental)
sowie Josef Kluckner, Stans, Berufsjäger bei Enzenberg. Foto aus dem
Stiftsarchiv Fiecht.

die Jagdpächter Penz und Plattner, Margreiter und der ärarische Jäger Fürthaler, von der Enzenberg'schen Jägerei der 60jährige Hugo Graf Enzenberg, Konstantin Graf Thun, der Enzenberg'sche Gärtner Paul Kellerer, der Enzenberg'sche Jäger Josef Kluckner aus Stans, der Enzenberg'sche Förster Leonhard Steinlechner und zwei Vomper Jäger.

Penz und Plattner hatten mit dem Jäger Steinlechner den Trieb organisiert und die Jäger und Treiber auf den ganzen Gebirgsrücken, der von Fiecht gegen den Mittagsspitz sich hinzieht, entsprechend verteilt, während das Treiben von der Vomper und Stallner Seite beginnen sollte. Die Kette der Schützen war so dünn, daß sie einander nicht sahen, ja kaum auf Rufweite Verbindung halten konnten.

Der Bär wurde gegen 4 Uhr nachmittags durch die Treiber aus seinem Lager aufgeschreckt, trabte zuerst gegen den Grat, bog dann gegen das Tal ab, wich den ersten beiden Schützen aus und kam um halb 5 Uhr dem dritten Schützen, dem 20jährigen Grafen Konstantin Thun, vor das Rohr. Der junge Schütze jagte aus seinem Werndl-Stutzen dem mächtigen Raubtier mit wohlgezieltem Schuß die tödliche Kugel in den Kopf. Brüllend richtete sich das getroffene Tier auf, wollte Thun angehen, brach aber zusammen und flüchtete dann, aus dem Rachen stark schweißend, alles um sich her niederstampfend, durch eine schneeerfüllte Rinne gegen den Stallenbach. Erst nach dreiviertel Stunden blieb der Bär in der Nähe des Bachufers verendet liegen und wurde vom glücklichen Schützen aufgefunden.

Unaufgebrochen wurde der Bär, der eine Länge von fast zweieinhalb Meter, einen Umfang von eineinhalb Meter, ein Gewicht von 117 Kilogramm aufwies und wohl 20 bis 25 Jahre alt geworden war, auf einem Gratten zunächst ins Stift Fiecht und dann nach Schwaz gebracht.

Als nach Einbruch der Dunkelheit der Jagdzug mit der seltenen Beute in Schwaz einzog, kannte der Jubel der Bevölkerung keine Grenzen; die Stadtmusikkapelle [Schwaz ist erst 1899 zur Stadt erhoben worden!] rückte trotz der späten Stunde noch aus und brachte dem jugendlichen Bärentöter ein Ständchen.

Am nächsten Tag wurde das erlegte Raubtier öffentlich ausgestellt und von den Schwazern in Massen bestaunt.

Zuletzt sah man den Vomperloch-Bären im Rahmen der Tiroler Jagdausstellung, die einen Hauptanziehungspunkt bei der Innsbrucker Herbstmesse 1926 bildete..."

Apropos öffentliche Zur-Schau-Stellung und Besichtigung des erlegten Bären!

Bereits im Juni 1898, anlässlich der Huldigungsfeier für den Kaiser, wurde der Bär auf einem Wagen durch den Markt Schwaz gezogen. Davon berichtet Abt Wildauer in der Nr. 26 des „Andreas Hofer" vom 26. Juni 1898:

„Die Liebe zum Monarchen ist das starke Band, welches die Völker unserer Monarchie umschlingt, und trotz aller Reibungen und traurigen Spaltungen zusammenhält ... Eine solche festliche Kundgebung im besten Sinne des Wortes war die Kaiser-Jubiläumsfeier in Schwaz am letzten Sonntage ... Schon am frühen Morgen kündigten Schüsse die Feier des Tages an. Ein zahlreiches Publikum wogte auf den Straßen, das sich stündlich mehrte. Am Bahnhofe wurden ankommende Gäste, Vereine von einer Schützenkompagnie ... zur Festwiese vor der Lan-

Bereits im Juni 1898, anlässlich der Huldigungsfeier für den Kaiser, wurde der Bär auf einem Wagen durch den Markt Schwaz gezogen.

desschützen-Kaserne unter klingendem Spiel geleitet.
Dortselbst zelebrierte der hochwürdigste Herr Abt von
Fiecht die Feldmesse, wobei das in der mittleren Front
vor dem Altare aufgestellte Landesschützen-Bataillon
dreimalige Festsalven abgab. Den rechten und linken
Flügel der Front füllten die Schützen der Schwazer und
benachbarten Schützenvereine aus, während ein zahlreiches Publikum der Messe würdig beiwohnte ... Gleich
nach Beendigung der hl. Messe ging der Festzug gegen
11 Uhr vor sich. Voran eine Abtheilung der Schwazer
Feuerwehr, welcher drei berittene Herolde in schönem
Kostüm folgten. Dann eine Abtheilung der Schützenkompagnie, welcher unmittelbar der erste Festwagen Ti-
rolia, Blumen- und Huldigungswagen folgte ... Es kommen der Schützenwagen, Jagdwagen, und als würdigen
Abschluß erblickten wir den landwirthschaftlichen Wagen ... Der Jagdwagen zeigte uns den Kopf des nun fast
historisch gewordenen Bären, der kürzlich in der Fiechter Gemarkung geschossen wurde ...“
Dieses Jagd-Ereignis hat auch im Georgenberger Gästebuch einen Eintrag gezeitigt. Zum 7. September 1898
ist in einer Federzeichnung ein Bärenkopf mit heraus-
hängender Zunge und noch der halbe Rumpf des Bären
(Oberkörper) mit nach vorne gestreckten Tatzen zu sehen. Darüber befindet sich ein holpriger Vierzeiler und
links davon ein gezeichnetes Edelweiß. Der Vierzeiler
lautet:

> *Nach Georgenberg kamen 4 Wanderer*
> *Sie kamen direct von Jenbach her,*
> *Sie sind jetzt hungrig u. durstig, doch munter,*
> *Und nach her gehen vielleicht sie wieder nunter.*

Unterschrieben haben sich:
Irma Pfretschner, Editha Pfretschner, Ernst Pfretschner
und Konstantin Graf Thun-Hohenstein.

Seitlich rechts von der Bärenzeichnung steht zu lesen:

Dieses edle Bären-Biest
Positiv getödtet ist;
Denn Graf Thun hat mit viel Mut
Einen Meisterschuß gethut!

Aus dem St. Georgenberger Gästebuch von 1898.

Pater Leo Bechtler war zur Zeit der Bärenjagd Wallfahrtspriester in St. Georgenberg und Waldmeister des Klosters. Seine Sichtweise der Bären- jagd in einem Zeitungsartikel verführte zum Schmunzeln – vermutlich nicht gerade zur Freude der Waidmänner. Und er lässt darin sogar den Bären „ärgerlich" sprechen: „Wieder amal so a Trieb, gar koa Ruh' kannst haben, aber treibt's nur zua, treibt's nur zua!"

Bären-Denkmal

Ein acht Tonnen schwerer „Marmorbär" wurde im August 1980 bei der „Bärenrast" in der Hinterwies im Stallental aufgestellt. Zur Erinnerung an den letzten in Nordtirol erlegten Bären. Der Entwurf dazu stammt von Prof. Hafner, HTL Innsbruck, ausgeführt wurde das Kunststück von zwei seiner Schüler. Initiator des „bärigen" Unternehmens war Fritz Offenstein, damaliger Obmann der Bezirksgruppe Schwaz des Tiroler Jagdschutzvereines 1875. Tatkräftig unterstützt wurde er von der „Schwazer Bärenmarschrunde", die am 16. August 1980 den 20. Bärenmarsch veranstaltete.

Die Einweihung erfolgte durch Pater Bonifaz vom Stift Fiecht. Mit dabei war auch ein Sohn des Bärenjägers von 1898 – Graf Thun von Hohenstein.

Der „Achttonnenbär" wird bei der „Bärenrast" in der Hinterwies im Stallental aufgestellt.

Schwazer Bärenmarsch

Zur alljährlichen Erinnerung an den Abschuss des letzten Nordtiroler Bären wurde im Jahre 1960 anlässlich einer Bergwanderung ins Stallental, von den damaligen Stallentalwanderern Franz Schrettl, Pepi Atzl, Karl Geiger und dessen Sohn Herbert der „Schwazer Bärenmarsch" (ohne Leistungslimit) ins Leben gerufen. Die Begeisterung für den Bärenmarsch mit Geselligkeit und Kameradschaft wurde von Jahr zu Jahr größer und hat im In- und Ausland, bei jung und alt, viele treue Anhänger gefunden. Das Bärenmarsch-Komitee (hervorgegangen aus der Schwazer Bärenrunde) hat sich mit seinen Idealisten − besonders Robert Schwarz (†) − auch für eine saubere Umwelt eingesetzt.

„Bäriges" Logo und Bärenmarsch-Medaille aus dem Jahr 2000.

Erinnerungstafel

Halali auf JJ1

Braunbär JJ1, bekannt auch als „Bruno", „Beppo" (Augsburger Allgemeine) oder „Petzi" (OÖ Nachrichten) war mehr als das entlaufene Sommervieh des Jahres 2006. Der wochenlang im tirolisch-bayrischen Grenzgebiet umherstreunende „Problembär" stammte aus der Provinz Trentino in Italien. Das hat ein genetischer Vergleich von Bärenhaaren ergeben. JJ1 wurde am 10. März 2004 im Val di Tovel, Trentino, geboren und am 26. Juni 2006 im Gemeindebereich Bayrischzell nahe Schliersee erschossen. Der Braunbär war im Mai 2006 von Italien über Vorarlberg und Tirol nach Bayern eingewandert. Der Bär entstammte einer „auffälligen" Bärenfamilie. Auch sein Bruder, JJ2, hatte bereits im August 2005 in der Schweiz und in Tirol Aufmerksamkeit auf sich gezogen. JJ1 selbst machte schon im Trentino den Einsatz der „Bären-Eingreiftruppe" notwendig. Beide Tiere stammen aus dem selben Wurf im Jahr 2004. Sie zeichnen sich durch extreme Wanderbereitschaft und geringe Scheu vor Menschen aus.

Der Bär ging aus dem „LIFE Nature Co-op Projekt" hervor, das mit Unterstützung der EU versucht, im Alpenraum wieder Braunbären anzusiedeln. Hieran sind die Länder Italien mit den Regionen Trentino und Friaul, Österreich mit Kärnten, Niederösterreich, Oberösterreich und Steiermark, sowie Slowenien beteiligt. Das LIFE Nature Co-op Projekt wurde 2004 gegründet, um diese Teilpopulationen der Braunbären zu vernetzen und es durch eine sogenannte Metapopulation den Tieren zu ermöglichen, auf natürlichem Weg zu überleben.

Die größte Population des Braunbären ist hierbei mit geschätzten 400 bis 500 Tieren in Slowenien anzutreffen, im Trentino und Zentralösterreich kann hingegen nur von Teilpopulationen gesprochen werden, die mangels natürlichen Austauschs durch genetische Verarmung auszusterben drohen.

Die Familie des Braunbären JJ1 stammt aus dem Naturreservat Adamello-Brenta bei Trient (Trentino/Norditalien). Dort wurden seinerzeit im Rahmen des italienischen LIFE-Ursus-Projekts insgesamt zehn Bären aus Slowenien freigelassen und seitdem elf Junge geboren. Derzeit schätzt man den aktuellen Bestand auf etwa 18 bis 20 Bären.

Seine Eltern sind Vater Joze (*1994) und Mutter Jurka (*1998). Als Erstgeborener erhielt er aus deren Anfangsbuchstaben den Namen JJ1. Zu Beginn seines Streifzuges erhielt JJ1 dann von österreichischen Medien den Spitznamen Bruno, die Augsburger Allgemeine nannte ihn hingegen Beppo.

Sein jüngerer Bruder, JJ2, war 2005 im Engadin in der Schweiz und in Nauders in Tirol unterwegs, gilt aber seit Herbst 2005 als verschwunden. Es wird vermutet, dass er gewildert wurde.

JJ1 hatte zum Zeitpunkt seines Todes eine Widerristhöhe von 91 cm, seine Scheitel-Steiß-Länge betrug 130 cm, die Kopflänge 32 cm und er wog 110 Kilogramm.

Ende März 2006 begann eine Schadensserie durch JJ1 im südlichsten Verbreitungsgebiet der Trentinobären. Ziele waren Hühner und Bienenhäuser, seltener auch Hasen und Schafe. Die Eingreiftruppe im Trentino rückte damals sofort aus. Es gelang ihr auch einmal, den Bären mit Gummikugeln zu beschießen, als er das zweite Mal an einen Ort zurückkehrte, an dem er Schaden verursacht hatte. Dabei lernte das Tier vermutlich, niemals an einen Ort zurückzukommen, was sein rastloses Weiterziehen erklären könnte.

Um einen Bären nachhaltig zu vergrämen, müssten laut WWF-Experten möglichst viele Einsätze an verschiede-

JJ1 und JJ2 mit ihrer Bärenmutter Jurka (Symbolbild).

nen Orten stattfinden, und nicht nur in der Nähe von Schäden. Die Chancen, solche Bären noch nachhaltig die Scheu vor Menschen zu lehren, stehen sehr schlecht.

JJ1 war schon 2005 im Trentino mehrmals auffällig. Ein Verhalten, das die Bärenbrüder offenbar von ihrer Mutter – der Bärin Jurka – gelernt haben. Denn auch sie hatte immer schon wenig Scheu vor Menschen gezeigt. Deshalb versuchen Experten, Jurka zu fangen und zu vergrämen.

Chronologie der Jagd auf JJ1 – 2006

Anfang Mai 2006: Ein zwei Jahre alter Braunbär, der nach Vater Jose und Mutter Jurka offiziell „JJ1" heißt, kommt nach Österreich.

10. Mai: Der Bär reißt in Vorarlberg zwei Schafe.

14. Mai: Zum ersten Mal in Tirol aufgetaucht ist „JJ1" am 14. Mai in den Wäldern von Galtür im Paznauntal. Zuerst hielt man ihn für „JJ2". Von dort wanderte er dann weiter ins Lechtal, wo er in Holzgau beim Überqueren der Bundesstraße beobachtet wurde.

17. Mai: Erste Sichtung nahe der deutschen Grenze im Tiroler Lechtal. Im Außerfern wollte JJ1 einen Bienenstand aufbrechen. In der Nacht sorgte der Bär dann im Weiler Alach in Häselgehr für Schrecken. Martin Wehrmeister hörte beim Zähneputzen plötzlich den Hund bellen und dann seine Frau aufgeregt rufen. Als er hinausging, sah er den Bären an seinem Gartenzaun in 20 Metern Entfernung. Der Bär wollte gerade Wehrmeisters Bienenstand aufbrechen. Eine Kiste mit Bienenwachs und Honig hatte er bereits ausgeleckt.

18. Mai: „Der Bär ist in Bayern willkommen", erklärt der bayerische Umweltminister Werner Schnappauf. Der Braunbär ist nicht „JJ2"!

19. Mai: JJ1 räumt eine Bienenhütte aus – zwei Kilometer vor der Grenze zu Bayern.

20. Mai: Das Tier, „Bruno" genannt, kommt als erster wilder Bär nach 155 Jahren nach Deutschland: Er reißt drei Schafe bei Dinkelschwaig (Garmisch-Partenkirchen).

21. Mai: Fangversuche scheitern. Der Braunbär hat auf einer oberbayrischen Weide vier Schafe gerissen. Der österreichische Bärenexperte Jörg Rauer wurde zum Schauplatz gerufen und hat dort eindeutig Bärenhaare und auch eine passende Fährte gefunden. Damit befindet sich nach 155 Jahren erstmals wieder ein Bär in Deutschland.

22. Mai: In der Nähe von Wohnhäusern tötet der Bär in Grainau elf Stück Federvieh und reißt zwei Schafe. Darauf erklärt das bayerische Umweltministerium: „Der Bär ist zu einem Problembären geworden." Das Tier sei außer Rand und Band. „Petzi" wird zum Abschuss frei gegeben. Tierschützer sind empört.

23. Mai: Das Tier wird auch in Österreich zum Abschuss freigegeben. Der Landkreis Garmisch-Partenkirchen warnt vor Spaziergängen nachts und mit Hunden.

25. Mai: Ein Jäger trifft im Rofangebirge in Tirol auf den Braunbären.

27. Mai: JJ1 vernascht einen Bienenstock im Zillertal.

30. Mai: Er heißt nun offiziell „JJ1". Genetische Analysen ergeben, dass er aus dem Trentino (Italien) stammt.

1. Juni: Bayern will mit Hilfe finnischer Bärenhunde den Streuner aufspüren. Das Tier soll nur abgeschossen werden, wenn alle Fangversuche scheitern.

2. Juni: Österreich widerruft die Abschussgenehmigung.

4. Juni: Zurück in Bayern: JJ1 reißt in Klais im Landkreis Garmisch-Partenkirchen drei Schafe.

5. Juni: Der Braunbär tötet drei Schafe in Lautersee, vier Kilometer Luftlinie von Klais entfernt. Eine Touristin will JJ1 nahe dem österreichischen Grenzort Ehrwald gesehen haben.

6. Juni: Der Bär plündert in Tirol einen Kaninchenstall. Jugendliche sehen ihn auf der Straße von Scharnitz nach Leutasch.

7. Juni: Die Kosten für die Suche belaufen sich schon auf rund 70.000 Euro. Der Braunbär „JJ1" wird beim Solsteinhaus gesichtet. Als der Hüttenwirt nach ungewöhnlichen Geräuschen Nachschau hielt, suchte der Bär fluchtartig das Weite. Die Freundin von Hüttenwirt Robert Fankhauser hatte beim Schlafengehen ungewöhnliche Laute gehört. Als die beiden nach draußen gegangen sind, hat „JJ1" zwischen der auf 1.805 Metern Höhe gelegenen Hütte und einem Nebengebäude die Flucht ergriffen.

Ihre Beobachtungen wurden am Tag bestätigt. Bei Tagesanbruch fanden sie zwischen 15 und 20 Zentimeter große Abdrucke von Bärentatzen.

Die Umweltstiftung WWF stellte eine Röhrenfalle aus den USA auf.

8. Juni: Finnische Bärenjäger treffen mitsamt ihren Hunden ein, der Bär ist inzwischen im Raum Schwaz unterwegs. Die finnischen Bärenhunde müssen die Suche wegen der großen Hitze aber immer wieder abbrechen, außerdem werden sie durch Jagdpächter, die sich weigern, sie ohne schriftliche Genehmigung auf ihr Gelände zu lassen, behindert.

9. Juni: Ein Spaziergänger im Bezirk Imst beobachtet, wie JJ1 einem Wildhasen den Kopf abbeißt.

10. Juni: Das Tier knackt nordöstlich von Innsbruck einen Kaninchenstall. Eintreffen finnischer „Bärenjäger" mit speziell ausgebildeten karelischen Hunden in Tirol.

11. Juni: Finnische Bärenjäger nehmen mit ihren Hunden die Spur auf. Ein Jagdpächter untersagt ihnen, sein Gebiet zu durchqueren.

13. Juni: Die Suche muss wegen großer Hitze, die die Spuren vernichtet, abgebrochen werden – wie noch öfters.

14. Juni: JJ1 entkommt im tirolisch-bayerischen Grenzgebiet den finnischen Elchhunden nach der Kollision mit einem Auto vermutlich durch einen Sprung in den Sylvensteinsee in Bayern.

15. Juni: „Bruno" als internationaler Medienstar: Die renommierte „New York Times" bringt eine ausführliche Reportage mit dem Titel „Herr Bruno Is Having a Picnic, but He's No Teddy Bear" („Herr Bruno veranstaltet ein Picknick, aber er ist kein Teddybär"). Der Bär erschreckt die Bewohner zweier Berghütten. Bei Lenggries (Bayern) stellt ihn ein finnischer „Elchhund". Doch die Jäger sind nicht schnell genug. „Petzi" entwischt, nachdem er ein Schaf gerissen hat.

17. Juni: Der Bär tritt mitten in der bayerischen Ortschaft Kochel am See gleich zweimal in Erscheinung. Er wird von einem Spaziergänger beobachtet und sitzt kurz vor der Polizeiwache. Mitten im Ort bricht er einen Kaninchenstall und einen Bienenstock auf. Ein Platzregen verhindert, dass die Jäger die Spur aufnehmen. Die Bärenjagd kostet schon mehr als 100.000 Euro. Tirols Landesrat Toni Steixner gibt den finnischen Bärenhunden noch eine Woche Zeit, den Braunbären zu stellen.

20. Juni: Der Tiertrainer Dieter Kraml (60) aus Hamburg, ein gebürtiger Wiener, will „Bruno" mit Hilfe seiner brunftigen Bärin „Nora" zur Strecke bringen. Was er nicht bedenkt: JJ1 ist zu jung, um sich für eine Bärin zu interessieren. – Im oberbayerischen Kreuth reißt JJ1 Schafe und bricht Bienenstöcke auf.

21. Juni: JJ 1 wird am Achensee im Bezirk Schwaz gesehen. Am Abend wird bekannt, dass die Bärenjäger das Tier in einer Steilwand in der Nähe von Brandenberg unweit des Achensees „gestellt" haben. „Bruno" entwischt aber neuerlich. In Maurach am Achensee lief er in der Nacht auf Mittwoch durch eine Siedlung und sprang dann in den Achensee. Zwei Augenzeugen haben den Braunbären dabei beobachtet. Kathrin Gruber und ihr Freund saßen um ein Uhr früh gemütlich auf der Terrasse ihres Hauses in Maurach, als sie plötzlich im Garten ein seltsames Geräusch hörten. „Das war ganz ein tiefes Röcheln. Und man hat ihn laufen gehört, ganz schnell." Binnen weniger Sekunden lief JJ1 am Haus der Grubers vorbei. Der Bär bemerkte gar nicht, dass Kathrin Gruber und ihr Freund auf der Terrasse saßen. Kurze Zeit später riefen Gruber und ihr Freund die Polizei, die wiederum den finnnischen Bärensuchtrupp verständigten. JJ1 kühlte sich im Achensee ab. Die Finnen suchten das gesamte Gebiet rund um den See ab. Die Suche blieb aber erfolglos, denn wird der Bär nass, verliert er seinen Geruch.

An einer Felswand bei Brandenberg lokalisieren ihn Jäger, er kann aber in einem Unwetter wieder entkommen.

22. Juni: In der Früh wird der Bär auf einer Entfernung von 30 Metern im Raum Pendling bei Kufstein gesichtet. Elchhund Jeppe gilt vorübergehend als vermisst, weil sein Ortungssender zwischen den Felsen verrückt spielt. Er folgt Petzi die Nacht hindurch, ist aber am Morgen wieder beim Team. Bayern erteilt eine allgemeine Abschussgenehmigung, falls die Betäubung des Bären fehlschlägt. Bayerns Jäger plädieren dafür, nach der Abreise der Finnen Jagd auf Petzi zu machen. Der Bär wird im Tiroler Bezirk Kufstein gesichtet. Dort reißt er einen Schafwidder.

23. Juni: Bayern erteilt eine Abschussgenehmigung, die ab dem 27. Juni gelten soll. Der Tierschutzbund protestiert.

24. Juni: Das finnische Bärenfangteam reist ab. Auch Tirol erlaubt den Abschuss ab dem 26. Juni. Der Bär begegnet Radfahrern. Sie beobachten ihn, wie er durch den oberbayerischen Soinsee schwimmt. Wanderer folgen ihm beim Aufstieg ins Rotwandgebiet, verschwinden aber schnell, als Petzi sich zu ihnen umdreht. Nach der wochenlangen erfolglosen Suche einigen sich Tirol und Bayern. Der „Problembär" stelle eine große Gefahr für Mensch und Tier dar, so Tirols Agrarlandesrat Anton Steixner. Die Sicherheit der Menschen müsse Vorrang haben, betont auch der bayrische Umweltstaatssekretär Otmar Bernhard. In Tirol soll die Abschussgenehmigung am 26. Juni in allen Jagdrevieren nördlich des Inn in Kraft treten – in Bayern erst am Tag darauf.

25. Juni: Der Wirt des 1.700 Meter hoch gelegenen Rotwandhauses (Spitzingsee) hatte die Polizei alarmiert, nachdem „Bruno" am Sonntagabend gegen 20.30 Uhr wenige Meter an der Hütte vorbei marschiert war. Die Gäste saßen gerade beim Abendessen, sagte Hüttenwirt Peter Weihrer. „Ich habe die Leute beruhigt und gebeten, nicht aus dem Haus zu gehen." Schließlich sei er

selbst vor die Tür gegangen und habe den Bären an-
geschrien, der daraufhin geflüchtet sei. „Er hat vor uns
Angst gehabt."

26. Juni: „Bruno" ist tot. Bär „Bruno" ist gegen 4.50
Uhr von drei Jägern in Absprache mit dem bayerischen
Umweltministerium in der Nähe des Spitzingsees (Landkreis Miesbach/Bayern) gezielt getötet worden. Er sollte
in Bayern eigentlich erst am 27. Juni zum Abschuss freigegeben werden.

JJ1 starb durch zwei Gewehrkugeln. Kurz nach der Tötung war von einem einzigen Schuss die Rede gewesen.
Das Umweltministerium erklärte, der Abschuss des Bären sei damit „waidgerecht ausgeführt" worden. Der
erste Schuss wurde aus rund 150 Metern Entfernung
abgegeben, sicherheitshalber wurde ein zweiter Schuss
gesetzt.

Dem Befund des Instituts für Tierpathologie zufolge war
JJ1 gesund und hat sich in einem guten Ernährungszu-
stand befunden. Der Mageninhalt bestand aus 6,3 Kilogramm Fleisch und Pflanzenmaterial, unter anderem
waren eine Milz, Niere und Lunge identifizierbar. Der
Bär wog den Angaben zufolge 110 Kilogramm. Beim
Übergang vom Hals zum Kopf war JJ1 91 Zentimeter
groß und vom Scheitel bis zum Steiß 1,30 Meter lang. –
Morddrohung gegen den unbekannten Todesschützen.

28. Juni: Der erschossene Bär Bruno erfährt nach seinem Tod für Tiere ungewöhnliche Huldigungen. Per
Todesanzeige, einem virtuellen Grabbesuch und Kon-
dolenzbüchern im Internet nehmen die Menschen Abschied vom Bären. Zwei Tage nach Braunbär „Brunos"
spektakulärem Tod nahmen bereits mehr als 1.800 Tier-
freunde am virtuellen Grab Abschied.

29. Juni: Im „Münchner Merkur" ist eine Todesanzeige für Bär Bruno geschaltet. Mit den Worten „Wut und Trauer" hat eine bayrische Familie die Anzeige unterzeichnet. Die Anzeige ist 13,5 mal 9 Zentimeter gross und richtet sich auch gegen die Politik: „Nach seiner wunderbaren Wanderung vom Trentino nach Tirol und Bayern hat Braunbär Bruno Herrn Stoiber zum Stottern, Schnappauf zum Problem-Minister und alle Tierschützer zur Verzweiflung gebracht", heißt es in der Anzeige.

30. Juni: Bär Bruno soll präpariert und nach ersten Plänen später im Münchner „Museum Mensch und Natur" ausgestellt werden. Dort soll er neben einem weiteren Exemplar eines Bären ausgestellt werden, der vor 170 (sic!) Jahren in Bayern geschossen worden ist.

1. Juli: In Berlin demonstrieren rund 300 Bruno-Fans für die Abschaffung der Jagd.

2. Juli: Der Abschuss von Braunbär JJ1 in den bayerischen Alpen sorgt für heftige Emotionen: In Schliersee gingen 35 Urlaubs-Stornierungen ein,

3. Juli: Italiens Umweltminister fordert von Bayern die Auslieferung des toten Tieres.

5. Juli: Aus Mitgefühl mit dem in Bayern erschossenen Braunbär „JJ1" haben militante Tierschützer im Umland von Hannover eine Reihe von Hochsitzen umgesägt. Angesichts des Sturms der Entrüstung um den „Mord" an „Bruno" rief der bayerische Umweltminister Werner Schnappauf dazu auf, „die Maßstäbe wieder zurechtzurücken". Mit Morddrohungen gegen Jäger, Beamte und Politiker sei die Grenze noch zulässiger Kritik überschritten. Die Forderung des italienischen Umweltministers, den Kadaver des Bären nach Italien zu schicken, wird geprüft.

Bärige Produkte

Gut eine Woche nach dem Tod von Braunbär „JJ1" witterten immer mehr Firmen Geschäfte mit „bärigen" Produkten. Nach flugs aufgetauchten Solidaritäts-T-Shirts oder Trauerflaggen brachten auch große Süßwaren- und Stofftierunternehmen Waren auf den Markt.

Der Süßwarenkonzern Haribo kündigte an „Bruno Braunbär"-Schaumzucker zu verkaufen. Der schwäbische Stofftierhersteller Steiff bot sofort einen Trauerflor tragenden Braunbären an, der Thüringer Sammelplüschtier-Anbieter Schildkröt vermarktete eine „Bruno mein Bärenfreund"-Sonderedition.

Die meisten Firmen verknüpften ihre Vermarktungsstrategie mit Spendenbereitschaft für den Naturschutz. So dachte die für ihre „Bärenmarke" bekannte Allgäuer Alpenmilch GmbH darüber nach, auf den Milchverpackungen zu Spenden für Bärenprojekte aufzurufen.

Trittbrettfahrer versuchten, das Umwelt-Engagement für unlautere Zwecke zu missbrauchen. Bei Ebay haben einige Anbieter mit einer WWF-Unterstützung geworben, die es gar nicht gab.

Bärige Produkte: Bruno-Gemälde – für's Wohnzimmer?

Bärige Rezepte

Auf den Speisekarten von Feinschmeckerrestaurants findet man heute Känguruhmedaillons aus Australien, Krokodilfilets aus Florida, Straußenfleisch aus Afrika und viele weitere Exoten. Kein Wunder, dass man zumindest dort, wo Bären in den Wäldern weder eine Seltenheit noch vom Aussterben bedroht sind, auch deren Fleisch gerne als kulinarische Spezialität zubereitet.

Das Fleisch eines jungen Bären hat einen feinen, angenehmen Geschmack; die Keulen alter, feister Bären gelten gebraten oder geräuchert als Leckerbissen. Am meisten werden von den Feinschmeckern die Tatzen gesucht, doch muss man sich erst an den Anblick derselben gewöhnen, weil sie, ihrer Haare entledigt und zur Zubereitung fertig gemacht, in widerlicher Weise einem auffallend großen Menschenfuß ähnlich sehen. Ein mit Champignons zubereiteter Bärenkopf gilt ebenfalls als vortreffliches Gericht.

Wer's schon gegessen hat wird es bestätigen. Bärenbraten, -gulasch etc. schmeckt prima. Erinnert ein bisschen an Wildschwein, weswegen man Bärenfleisch auch meist nach Wildschweinrezepten zubereitet.

Ausgelassenes Bärenfett ist mindestens so gut wie Schweineschmalz und eignet sich überdies auch noch zur Schuhpflege.

Hildegard von Bingen war nicht mit „bärigen Gerichten" einverstanden. „Bärenfleisch macht den Menschen lüstern", lautete ihre Erfahrung. Vielleicht deshalb, weil im Eingeweide von Meister Petz hundertfach die Gefahr von Trichinen lauern kann. Das sind Wurmlarven, die mikroskopisch klein sind und sogar nach Monaten im Tiefkühlfach noch leben. Die Nachrichtenagentur AFP berichtete zum Beispiel von einer „Bärenfleisch-Orgie" in der französischen Stadt Orléans.

Demnach landeten 17 Teilnehmer der fleischlastigen Tafel beim Arzt oder im Krankenhaus, weil sie nicht durchgegartes Bärenfleisch verzehrt hatten. Sie mussten sich erbrechen, hinzu kamen Fieber, Schmerzen in den Gelenken und Schwellungen. Die Larven dringen über den Darm in das Muskelfleisch des „Wirtstiers" ein.

Zum Glück starb niemand an der Trichinellose, einem herzschwachen Menschen könnte auch dies passieren. Die französischen Gastgeber hatten das Bärenfleisch (ca. 295 Wurmlarven pro Gramm) nach der Jagd in Kanada illegal nach Frankreich eingeschmuggelt.

Wie man nun aber einen traditionellen Bärenbraten zubereitet, zeigt folgendes Rezept aus dem Jahre 1897.

Bärenbraten

Am besten sind das Hinterviertel und der Rücken eines jungen Bären; ältere Tiere müssen erst mehrere Tage in einer Beize von Essig, dann noch einen Tag in Milch liegen, bevor man sie braten kann. Man setzt den Braten mit wenig Wasser in den Ofen, salzt ihn, begießt ihn häufig und brät ihn 3 bis 4 Stunden. Die Sauce entfettet man, verrührt sie mit saurer Sahne und gibt sie zum Braten.

Ein weiteres Rezept für vier Portionen Bärenbraten aus dem Jahr 1897 lautet so:

1 Bärenhinterviertel oder Rücken, Salz, 100 Gramm Butter, 1 Becher Sauerrahm (Saure Sahne)

Zum Braten eignet sich das Hinterviertel oder Rückenstück am besten. Man wässert es vor Gebrauch etwa eine Stunde und lässt es, gut abgetrocknet und mit Salz bestreut, mit ein wenig Wasser in einer Bratpfanne im Ofen langsam unter fleißigem Begießen und öfterem Wenden 3 bis 4 Stunden braten. In der letzten Viertelstunde gibt man auf die obere Seite einige Stückchen gute Butter und saure Sahne und lässt ihn bräunen. Man kann aber auch das Fleisch wie Dachsfleisch 2 – 3 Tage marinieren, während man das Fleisch älterer Tiere nach dem Marinieren noch einen Tag in saure Milch oder Buttermilch legt. Nach dem Herausnehmen wird es enthäutet, gut gespickt und wie oben gebraten.

Bärentatzen Anno 1897

Wenngleich der Bär zu den seltenen Jagdbeuten gehört, kommt er doch in manchen Gegenden vor; vielleicht ist daher eine Anweisung zur Zubereitung der Tatzen, des größten Leckerbissens am Bär, wohl erwünscht. Die Vordertatzen wäscht man sauber, kocht sie in Salzwasser weich, taucht sie alsdann in geschmolzene Butter, in Ei, und darauf in geriebene Semmeln und brät sie auf dem Rost unter kräftigem Begießen bräunlich. Man verziert die Tatzen mit Zitronenscheiben und Kapern und reicht sie mit einer beliebigen pikanten Sauce zu Tisch. Manchmal mariniert man die Tatzen in Essig und feinen Kräutern erst einige Tage,

ehe man sie braucht, alsdann kocht man sie in Fleisch-
brühe und einem Teil der Marinade, statt Wasser, bevor
man sie brät.

Ein weiteres Rezept für vier Portionen Bärentatzen aus
dem Jahr 1897 lautet so:
Die sauber gewaschenen Tatzen werden in Salzwasser
weich gekocht, worauf man sie erkalten lässt, dann in
zerlassener Butter und hernach in Paniermehl umge-
wendet. Auf den Rost gelegt, werden sie unter fleißigem
Begießen schön braun gebraten. Man gibt sie mit einer
Senfsauce auf den Tisch.

Klassischer Bärenbraten

*Zutaten: 800 Gramm Bärenfleisch, 500 Gramm Suppenkno-
chen, je 1 Karotte, Zwiebel, Petersilienwurzel, Selleriescheibe, 4
Esslöffel Schweineschmalz, 1 El Mehl, 2 El Paniermehl, 1 Ei,
Salz, Pfeffer*

*Marinade: 1 Liter Essig, 6 Lorbeerblätter, 1 Zwiebel, 10
schwarze Pfefferkörner, 20 Wacholderbeeren*

Für die Marinade Essig mit Zwiebelscheiben und Ge-
würzen aufkochen. Gewaschenes Fleisch in ein Porzel-
lan- oder Keramikgefäss legen, mit der heißen Marinade
übergießen und drei Tage kühlstellen. Mehrmals wenden.
Fleisch aus der Marinade nehmen und in einen Bräter
legen. Zerkleinertes Gemüse in etwas Schmalz anbraten
und darüberfüllen. Die gewaschenen Suppenknochen
mit Wasser und Marinade (zu gleichen Teilen) ausko-
chen, abseihen und die Brühe über das Fleisch gießen.
Zugedeckt auf kleiner Flamme 5 bis 6 Stunden dünsten.

Verdampfte Flüssigkeit mit Wasser und Marinade ergänzen. Das abgekühlte Fleisch in Scheiben schneiden, in Mehl, verquirlltem Ei und Paniermehl wenden und im restlichen Schweineschmalz wie Schnitzel braten.
Dazu serviert man mariniertes Gemüse oder eingelegte Früchte.

Bärenschinken I
Zutaten: 1 Bärenkeule, Salz, Pfeffer, 4 Zwiebeln, 1 Bund Karotten, 10 Wacholderbeeren, 1 1/2 Liter Suppe, 1 1/2 Liter Rotwein

Ein gut abgelagerter und sauber gewaschener Schinken wird mit Salz und Pfeffer eingerieben, dann mit Zwiebel und Wurzelwerk, 8 bis 10 zerdrückten Wacholderbeeren und Pfefferkörnern nebst 1/2 Liter Fleischsuppe und 1/2 Liter Burgunderwein in einer bedeckten Pfanne 4 bis 5 Stunden langsam weichgedämpft.
Dann wird der Bärenschinken herausgenommen und warmgestellt, während man die Sauce durchpassiert, entfettet, hierauf kurz einkocht und über den Braten gießt.

Bärenschinken II
Das folgende Rezept stammt aus dem Buch „Ich kann kochen", Seite 148, Ullstein Co. Berlin und Wien, 1909.

Zutaten: Einige Zwiebeln, Petersilienwurzel, Karotten, Sellerie, Wacholderbeeren, Pfeffer- und Gewürzkörner, 1,5 bis 5 Flaschen Burgunderwein
Der gut abgelegene, gewaschene Schinken wird gesalzen, nebst einigen Zwiebeln, zerschnittener Petersili-

enwurzel, Karotten, Sellerieknolle, Wacholderbeeren, Pfeffer- und Gewürzkörnern in einen Schmortopf gelegt und mit 1/2 l Wasser oder Suppe und 1,5 bis 2 Flaschen Burgunder übergossen und auf dem Herd oder im Backofen 4-5 Stunden weich gedämpft, wobei er öfter begossen werden muss. Dann wird der Schinken aus dem Saft genommen und warmgestellt. Der Saft wird durch ein Sieb gerührt, entfettet, kurz eingekocht, abgeschmeckt und mit dem Schinken angerichtet. Als Beilage dient gedämpftes Kraut oder Sauerkraut.

Im Mittelalter gehörte Bärenschinken zu den Delikatessen; der Bär zählte zum Hochwild und durfte somit von den unteren Adelsschichten nicht gejagt werden. Bärenschinken war früher in ganz Europa verbreitet, nach dem Rückgang der Bärenpopulation wird dieser fast nur noch in osteuropäischen Ländern wie Polen oder Russland angeboten.

Die Schinkenherstellung gleicht der des normalen Schweineschinkens. Der Bär wird zerlegt und geräuchert oder in Salzlake gekocht, um das Fleisch zu konservieren. Als eine Delikatesse galten die Bärentatzen. Durch die wachsende Verklärung des immer seltener werdenden Bären als gutmütigen „Meister Petz" und die Erfindung des Teddys von Richard Steiff und die daraus resultierende Bedeutungsverschiebung des Bären als klassisches Raub- und Jagdtier zum Kuscheltier galten Gerichte aus Bärenfleisch zunehmend als verpönt und fielen schließlich der Vergessenheit anheim. Mit zunehmender Beliebtheit osteuropäischer Gerichte haben Gourmetrestaurants allerdings wieder begonnen, Bärenschinken auf der Speiseliste zu führen, was herben Protest von Tierschutzorganisationen nach sich zog, da die nicht selten gewilderten oder durch veraltete Fallen erlegten Tiere meist einen langen Leidensweg hinter sich haben, bevor ihr Fleisch auf die Teller der Restaurantbesucher gelangt.

Bärige Witze

Zwei Wanderer stehen plötzlich einem gewaltigen Bären gegenüber. In Windeseile reißt sich der eine die Stiefel von den Füssen, holt seine Turnschuhe aus dem Rucksack und zieht sie an. „Was soll das denn?" fragt sein Begleiter, „du kannst auch mit Turnschuhen nicht schneller laufen als der Bär." „Was geht mich der Bär an, Hauptsache ich bin schneller als du."

Zwei Bärenfänger treffen sich zum Erfahrungsaustausch: „Wie fängst denn du so deine Bären? Ich habe dabei echt Probleme." – „Ich suche mir immer eine große Höhle, in der ein Bär drinnen sein könnte. Dann spanne ich vor den Eingang ein Netz. Wenn man dann laut ruft, kommt der Bär heraus und verfängt sich im Netz." – „Das ist ja echt super! Das probiere ich auch mal."

Monate später treffen sich die Beiden wieder. Der unerfahrene Bärenfänger ist von oben bis unten eingegipst. Fragt der andere: „Was ist denn mit dir passiert?" – „Nun, ich habe genau getan was du mir erzählt hast. Ich habe mir eine große Höhle gesucht, ein Netz gespannt und gerufen." – „Und dann?" – „Ja, dann kam der Zug…"

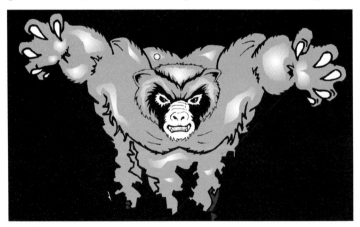

Ein Bärenehepaar ist in einer fremden Gegend zu Besuch. Der Bärenmann ist ein berühmter, kräftiger, gefürchteter Bär. Als die beiden so entlang spazieren, sagt einer der ortsansässigen Bären zu seinem Freund: „Das ist Mors! Der Stärkste aller Bären. Man sagt, er hat noch keinen Kampf verloren!" Da fragt sein Freund: „Und wer ist das neben ihm?" – „Sein erster verlorener Kampf!"

Aus Rationalisierungsgründen ließ der neue Förster im Wald Toiletten für die Tiere aufstellen. Doch ein paar Tage später sah er wie ein kleines Häschen auf den Waldboden machte. Da schimpfte er: „Kannst du nicht wie die anderen Tiere die Toiletten benutzen?!" Da erzählte das Häschen: „Als ich da auf dem Klo war, saß neben mir der Bär und als er fertig war, fragte er mich: „Fusselst du?"

Ich antwortete: „Nein, ich fussele nicht!" Dann fragte er mich noch einmal: „Fusselst du wirklich nicht?" Und ich hab' ihm geantwortet: „Nein, ganz bestimmt nicht!". Da unterbrach ihn der Förster und meinte: „Und dann?" – „Dann hat er sich mit mir den Hintern ausgewischt!" Zwei Tage später trifft der Förster den Hasen wieder und der Hase lacht aus vollem Hals. Der Förster fragt den Hasen: „Warum lachst du denn heute so. Ist irgendwas passiert?". Der Hase kann sich kaum mehr halten, aber nach ein paar Minuten hat er sich soweit gefangen, dass er wieder sprechen kann: „Heute war ich wieder auf der Toilette." – „Das ist doch schön, aber letztes Mal hast du doch keine guten Erfahrungen dort gemacht…" – „Das ist wahr, aber heute hat der Bär den Igel gefragt…"

***

Drei Jäger treffen sich jeden Abend in ihrer Stammkneipe und unterhalten sich mit jeder Menge Jägerlatein. Eines Abends bleibt einer der drei aus. Die beiden anderen warten und warten. Schließlich kommt er auch an – mit einem riesigen Elch über den Schultern. „Wie hast du das denn bloß geschafft ?", fragen die Beiden.

„Ach, das war ja sooo leicht. Ich sehe eine Lichtung und da röhrt es heraus. Ich röhr zurück und es röhrt wieder raus. Ich röhr zurück und es röhrt wieder raus. Ich röhr zurück und es röhrt wieder raus. Ich röhr zurück – da kam der Elch raus und WUMM!"

Am nächsten Abend bleibt ein anderer Jäger aus. Als er schließlich auftaucht, hat er einen riesigen Bär über der Schulter. „Wie hast du das denn bloß geschafft?", fragen die beiden anderen. „Ach, das war ja sooo leicht. Ich sehe eine Höhle und da brummt es heraus. Ich brumm zurück und es brummt wieder raus. Ich brumm zurück und es brummt wieder raus. Ich brumm zurück und es brummt wieder raus. Ich brumm zurück – da kam der Bär raus und WUMM!"

Einen Tag später warteten die beiden erfolgreichen Jäger auf ihren Freund. Der Abend wurde später und später, doch ihr Freund tauchte nicht auf. Sie beschlossen, ihn anzurufen und da erfahren sie, dass er schwerverletzt im Krankenhaus liegt. Sie besuchen ihn und fragen: „Wie hast du das denn bloß geschafft?" „Ach, das war ja sooo leicht. Ich sehe einen Tunnel und da pfeift es heraus. Ich pfeif zurück und es pfeift wieder raus. Ich pfeif zurück und es pfeift wieder raus. Ich pfeif zurück und es pfeift wieder raus. Ich pfeif zurück – da kam der Zug raus und WUMM!"

Ein Jäger, ein Angler und ein Polizist diskutieren über die Bärenjagd.

Der Jäger: „Ist eigentlich ganz einfach. Ich hebe eine Fallgrube aus, mit zwei Meter Durchmesser und drei Meter Tiefe. Die bedecke ich mit Zweigen und Blättern und lege einen duftenden Schinken darauf. Der Bär riecht den Schinken, will ihn sich greifen, bricht in die Fallgrube ein und ich hab ihn."

Der Angler: „Ich mach so etwas eleganter. Ich spanne ein Netz zwischen den Bäumen und binde daran eine Leine mit einem stinkenden Fisch. Der Bär riecht den Fisch, will ihn sich schnappen, dabei zieht er am Netz, das fällt auf ihn drauf und er ist gefangen."

Der Polizist: „Wir von der Polizei machen das ganz anders. Wir fordern eine Hundertschaft und einen Trupp Hundeführer an. Die Hundertschaft umstellt ein Waldstück und die Hunde werden hinein geschickt. Die treiben einen Hasen heraus und den fangen wir. Dann nehmen wir ihn mit auf die Wache und verprügeln ihn so lange, bis er zugibt ein Bär zu sein.

***

Herr Meier möchte sich den Traum seines Lebens erfüllen, geht in ein Zoogeschäft und kauft sich einen Bär.

Der Zoohändler: „Sie werden viel Spaß mit ihm haben, Petzi ist ein sehr gemütliches Tier. Aber kommen sie niemals auf die Idee ihm mit dem Finger auf die Nase zu tippen!"

Vier Wochen später... Herr Meier hat mit Petzi alles ausprobiert und beginnt sich allmählich zu langweilen. Da tippt er ihm auf die Nase. Petzi ist wie verwandelt, baut sich knurrend vor ihm auf und geht auf seinen Besitzer los.

Herr Meier rennt aus dem Haus, setzt sich in sein Auto und rast los, der Bär hinterher. In einem einsamen Waldstück geht dem Fahrzeug plötzlich der Sprit aus und Herr Meier versucht sich in ein altes Forsthaus zu retten. Zu spät, der Bär hat ihn eingeholt.

Zähnefletschend baut er sich vor ihm auf. Herr Meier denkt alles sei zu spät.

Da tippt ihm der Bär auf die Nase, rennt weg und ruft: „DU BIST DRAN!"

Fragt ein kleiner Eisbär seinen Opa: „Sag mal Opa, ist der Papa wirklich ein echter Eisbär? Opa sagt: „Aber ja." „Und Opa, die Mama, ist die auch ein echter Eisbär?" „Aber natürlich mein Junge." „Und die Oma und du seid ihr auch richtige Eisbären?" „Ja natürlich, aber warum fragst du mich das alles?" „Na ja Opa, weil mir ist so kalt."

Die Eisbärenkinder kommen in die Schule. Wie sie auf dem Thermometer die Temperatur sehen, sagen sie zum Lehrer: „Es hat ein Grad plus, bekommen wir hitzefrei?"

***

Zwei Eisbären stehen vor einem Thermometer. „Mensch schau mal", ruft der eine freudig aus, „schon 34 Grad unter Null. Allmählich wird es bei uns Frühling."

***

Zwei Eisbären tappen durch die Wüste. Meint der eine: „Hier muss es aber glatt sein." Fragt der andere: „Warum?" „Na, siehst du denn nicht, wie sie hier gestreut haben?"

***

Zwei Bären sitzen im Wald und langweilen sich enorm. Da sagt der eine: „Weißt du was wir machen?" „Nein" entgegnet der andere. „Wir suchen uns einen Hasen und wenn wir ihn haben, dann verdreschen wir ihn!" „Aber da brauchen wir doch einen Grund dafür, sonst können wir das nicht machen..." – „Okay, wir schauen, ob er eine Mütze trägt, und wenn er eine Mütze trägt, dann verdreschen wir ihn, weil er eine Mütze trägt und wenn er keine Mütze trägt, dann verdreschen wir ihn, weil er keine Mütze trägt!" – „Das ist gut, so machen wir das!" sagt der Andere. Die beiden suchen sich einen Hasen und als sie einen finden, sehen sie, dass der Hase keine Mütze trägt. Also wird er kernig verdroschen. Danach hoppelt der Kleine davon...

Am nächsten Tag dasselbe in grün. Die beiden Bären langweilen sich tödlich. Also überlegen sie wieder was sie machen könnten. „Weißt du was wir machen?" „Nein", entgegnet der andere. „Wir suchen uns wieder einen Hasen und wenn wir ihn haben, dann verdreschen wir ihn!"

„Aber wir habe doch gestern schon darüber gesprochen, dass wir einen Grund dafür brauchen, sonst können wir das nicht machen..."

„Okay, wir fragen ihn, ob er eine Zigarette für uns hat, und wenn er eine ohne Filter gibt, dann verdreschen wir ihn, weil er uns eine ohne Filter gibt und wenn er uns eine mit Filter gibt, dann verdreschen wir ihn, weil er uns eine mit Filter gibt."

„Das ist gut, so machen wir das!" sagt der andere. Also laufen die beiden los und suchen einen Hasen. Der Hase war jedoch im Gebüsch und hat die beiden Bären belauscht. Als sie ihn finden, fragen sie ihn nach einer Zigarette. Der Hase antwortet ganz keck: „Wollt ihr eine MIT oder wollt ihr eine OHNE Filter?" und grinst.

Die beiden Bären schauen sich verdattert an und nach kurzem Überlegen sagt der eine Bär: „Du, aber Mütze hat er keine auf...!!!"

***

Zwei Jäger diskutieren auf einem Hochstand. „Was würdest du tun, wenn ein Bär käme und dich fräße?" – „Natürlich davonlaufen!" – „Das könntest du ja nicht, wenn er dich schon fräße!"

Im Selbstbedienungsladen des Waldes, wo alle Tiere ein-kaufen, steht schon am frühen Morgen eine große War-teschlange. Ein Häschen kommt gerannt und arbeitet sich mit dem Ellbogen zum Eingang, wo der Bär steht.
Der Bär: „Häschen, der Anfang der Schlange ist dort hinten. Ab mit dir!" Das Häschen verdrückt sich.
Am nächsten Tag ist die Schlange noch länger. Das Häschen kommt und drückt sich nach vorne. Der Bär: „Habe ich nicht schon gesagt, dass das Ende der Schlan-ge dort hinten ist? Marsch!"
Und wieder verschwindet das Häschen. Am nächsten Tag eine noch größere Schlange. Das Häschen kommt, geht nach vorne. Der Bär: „Also wenn du nicht lernst, wo das Ende der Schlange ist, gebe ich dir eine Watschen (Ohrfeige)!" – Häschen: „Na gut, dann mache ich heute den Laden auch nicht auf."

***

„Entsetzlich!", schreit der Zoodirektor. „Sie haben den Bärenkäfig offen gelassen!" – „Halb so schlimm", ant-wortet der Pfleger, „wer stiehlt schon einen Bären?"

***

Ein Bär setzt sich aus Versehen in einen Ameisenhaufen. Sofort krabbeln tausende Ameisen auf den Bär hinauf, um ihren Bau zu schützen und den Bär zu vertreiben. Aber der Bär schüttelt sich nur kurz und alle Ameisen fallen herunter. Nur eine Ameise kann sich am Hals des Bären festhalten. Daraufhin rufen die runtergefallenen Ameisen: „Los Egon, würg' ihn!"

Bärige Sagen und Märchen

St. Lucanus

Als St. Lucanus im fünften Jahrhundert Bischof von Säben war geschah es, dass eine greuliche Hungersnot und Teuerung das Land heimsuchte. Das erbarmte den frommen Bischof so, dass er nicht allein den Notleidenden nach Kräften beistand, sondern auch in billiger Erwägung der Zeitläufe während der vierzigtägigen Fasten den Genuss von Milch, Butter und Käse in seinem Bistum gestattete.

Es waren aber Neider und Missgünstige, die verklagten den tugendlichen Bischof bei Papst Cölestin dem Ersten. Da wurde St. Lucanus nach Rom befohlen, sich vor dem Papst zu verantworten. Und als er fortzog, entstand ein großer Jammer unter dem Volk, denn sie fürchteten, den milden Seelenhirten nicht wiederzusehen. Er aber blieb frohen Mutes und verhieß ihnen mit Gottes Willen heimzukehren. Begleitet von einem Diener, machte er sich auf die Fahrt. Unterwegs, als sie durch einen Wald zogen, ließen sie, während sie rasteten, das Saumroß des Bischofs eine Weile frei grasen. Da kam ein großer Bär, der es zerriss. Als Lucanus hinzukam und es bemerkte, sprach er zu dem Bären: „Im Namen des Allmächtigen, der dich Kreatur der Wildnis erschaffen hat, gebiete ich dir, dass du mich aufsitzen lässt und von nun an trägst." Da zeigte sich der Bär bereitwillig, dass ihm Sattel und Zaumzeug angelegt werden und trug den heiligen Mann bis Rom, so wie das bravste Reitpferd.

Zu Spoleto kehrten sie bei einem Gastwirt ein, der entschuldigte sich, dass sein Haus einen schlechten Service bot, denn seine Frau lag mit Wassersucht schwer krank im Bett. Da begehrte Lucanus, dass man ihn zu ihr führte, und als dies geschah, kniete er am Bett der Kranken nieder und betete inbrünstig, dass Gott sie gesund werden lasse. Und augenblicklich wurde die Frau gesund und alle, die es sahen priesen Gott.

Wie Lucanus mit seinem Diener nun weiter zog, bedrückte es ihn, dass er kein Geschenk mit hatte, um dem heiligen Vater seine Verehrung zu bezeigen. Da sah er einen Schwarm Rebhühner aufsteigen und rief ihnen zu: „Ihr lieben Vögelein des allmächtigen Gottes, Lucanus, der Diener Gottes, gebietet euch, nach Rom zu fliegen, zu unserem Vater, dem Papst." Und die Vögel gehorchten und nahmen ihren Flug nach Rom. Als nun Lucanus selbst in der Stadt Rom anlangte, begab er sich umgehend zum Papst. Als er vor dessen Antlitz trat, wollte er, wie es die Ehrfurcht gebot, seinen vom Regen durchtränkten Mantel ablegen, aber in seiner Nähe war nichts, worauf er ihn hätte hängen können. Da warf er den Mantel kurz entschlossen auf einen Sonnenstrahl, der schräg durch das Fenster hereinfiel, wie ein Nagel oder eine Stange. Als der Papst das sah, erkannte er, dass Lucanus in der Gnade Gottes steht. Er sprach ihn los von allem, was die Ankläger ihm an Schuld angelastet hatten, und ließ ihn gesegnet und reich beschenkt in sein Bistum zurückkehren.

Nach: Tiroler Legenden, Helene Raff, Innsbruck 1924, S. 76ff

St. Wolfgang auf Geiselsberg

In alter Zeit mussten die Geiselsberger nach Enneberg in die Kirche gehen. Der Weg über die Furkel ist aber weit und beschwerlich und war früher aufgrund der wilden Tiere unsicher. Da ging einmal ein alter Mann über die „Furggel" nach Enneberg zum Gottesdienst, wurde aber oben auf dem Sattel mitten im finsteren Wald von einem Bären angefallen. Der Bauer war wehrlos und hätte erliegen müssen, aber er tat das Gelübde, auf dem Geiselsberg eine Kirche zu bauen, wenn ihn Gott aus der Gewalt des Untiers erretten würde. In dem Augenblick legte sich der Bär gleich einem zahmen Hündlein auf dem Boden nieder und ließ den Bauer ungehindert seines Weges gehen. Diescr hielt sein Gelöbnis, und so entstand die Kirche des hl. Wolfgang auf Geiselsberg.

Quelle: Heyl, Johann Adolf, Volkssagen, Bräuche und Meinungen aus Tirol, Brixen 1897, S. 551

Der Bärenjäger in Putzach

Im Seberstöckl zu Rein in Taufers ist ein Gemälde, welches eine Szene im wildromantischen Putzach darstellt. Auf einer Felskante steht ein Jäger einem aufgerichteten Bären gegenüber, und rechts klettert ein Bursche mit Gewehr herzu und will schon zum Schuss ansetzen. Darüber ist ein Muttergottesbild. Unten steht: Jakob Plankensteiner, Jager und Unterseber in Rain 1699.

Hierüber erzählen die Leute folgendes: Ein alter Seber, ein kühner Nirnrod vor dem Herrn und als solcher weitum bekannt, zog einstmals auf die Jagd. Er kletterte eine

Felswand hinan und stand oben auf schmaler Felskante plötzlich einem entsetzlichen Bären gegenüber, der sich bereits aufrichtete, den ungeladenen Besucher mit Umarmung zu begrüßen. Der Jäger sah wohl, dass er zum Anlegen des Gewehres weder Raum noch Zeit hatte, warf daher den Stutzen fort und schickte sich an, mit dem Tier zu raufen. Zugleich rief er seinem Sohn zu, der ihm zur Hilfe über die Felsen herüberkletterte, er solle ja das Schießen bleiben lassen, sonst könne er den Falschen treffen.

Nachdem sodann beide, der Jäger und der Bär, sich eine Zeitlang fest umklammert gehalten hatten, schien beiden der Gedanke gekommen zu sein, dass diese Umarmung zu gefährlich werden könnte, und sie ließen beide zugleich los. Der Bär schaute den Jäger noch eine Weile an und zog sich dann in seine hinten liegenden Felsgemächer zurück; der Jäger aber, der ebenfalls froh war, dem andern so leicht entronnen zu sein, ließ ihn ungestört gehen.

Quelle: Heyl, Johann Adolf, Volkssagen, Bräuche und Meinungen aus Tirol, Brixen 1897, S. 604 f.

Der Bärentöter

Aus der Leutasch stammt das Geschlecht der Hirn. Vor Jahrhunderten arbeitete unter den Holzknechten in Leutasch ein außerordentlich starker Mann. Auf einmal wurde er im Dickicht des Waldes von einem großen Bären überfallen. Mutig griff der Holzknecht nach einer Keule und versetzte dem grimmigen Tier einen so gewaltigen Streich auf die Stirn, dass die Hirnschale auseinanderbrach und das Hirn herausspritzte. Der furchtbare Bär fiel tot zu Boden. Von jener Zeit an wurde der

kühne Bärentöter Hirn genannt, und dieser Name blieb auch seinen Nachkommen; selbst der Mann, die Keule schwingend, im Kampf mit dem Bären ging in das Wappen der Hirn über.

Die Sage von Schloss „Bäreneck"

Ungefähr drei Viertelstunden taleinwärts in das Kaunertal ragen auf einer schauerlichen, fast senkrecht zum wildtosenden Faggenbach abstürzenden Felswand die Trümmer der stolzen Burg Bärneck, auch Pernegg und Berneck genannt, empor und verkünden in stummer und dennoch gewaltig redender Sprache die Vergänglichkeit alles Irdischen. Dass hier einmal finsterer Wald gewesen ist, in dem Bären und Wölfe gehaust haben, ist ohne Zweifel.

Eine alte, noch heute im Volksmund verbreitete Sage erzählt, dass einst in der Nähe dieses Schlosses zwei Jäger, Brüder, auf die Jagd gingen. Bald wurde ein gewaltiger Bär aufgetrieben, der wütend auf die beiden Jäger losging. Da die auf ihn abgeschossenen Pfeile fehlgingen, mussten die Beiden flüchten, immer vom Bären verfolgt. Als ein Entkommen nicht mehr möglich war, stellte sich ein Jäger tot, worauf der Bär innehielt, den am Boden Liegenden beroch und ihn mit der Tatze sogar noch umwandte, um sich neben ihm niederzulassen, als wollte er ihn bewachen. Auf einmal sprang das Tier mit einem fürchterlichen Aufschrei in die Höhe, stürzte zusammen und verendete alsbald darauf. Ein eiserner Pfeil, abgeschossen vom anderen, im Gebüsch versteckten Jäger, war ihm in den Kopf gefahren. Die beiden Brüder umarmten sich vor Freude, und mehrere Jahrhunderte lang soll an diese Begebenheit eine Tafel erinnert haben, die an einem mächtigen Baum an dieser Stelle befestigt war. Die beiden Jäger sollen die Erbauer des Schlosses gewesen sein. Daher stamme der Name Bäreneck, wie denn auch die Edlen v. Bäreneck einen Bären in ihrem Wappen führen.

Quelle: Burgen, Schlösser, Ruinen in Nord- und Osttirol, Beatrix u. Egon Pinzer, Innsbruck 1996, S. 36.

Der Bärensteig

Etwa eine halbe Gehstunde vor Gerlos liegt der Weiler Grasegg. Dort mündet der Schwarzachbach in die Gerloser Ache. Folgt man dem Bach aufwärts, gelangt man zur Unteren Schwarzachalm, wo vor vielen Jahren ein Bär sein Unwesen trieb. Er riss ein Schaf nach dem anderen und fügte den Bauern dadurch großen Schaden zu. Zwar stellten ihm Jäger und Wilderer nach, aber es schien unmöglich zu sein, ihn zu erlegen. Bald hieß es, der Bär sei unverwundbar.

Da kamen die Almleute eines Tages auf die Idee, das Untier zu überlisten. Sie fällten einige Fichten, schälten die Rinde von den Stämmen und belegten damit den Steig, den der Bär von seiner Höhle aus nehmen musste, um die Weide zu erreichen. Dann legten sie sich in den Hinterhalt und warteten.

Am nächsten Morgen drang das hungrige Gebrumm des Bären aus der Höhle. Bald stand er selber davor, gähnte und blinzelte ins Morgenlicht. Kaum aber hatte er seine vier Pfoten auf die glitschigen Rinden gesetzt, rutschte er aus und stürzte über eine Wand in die Tiefe, wo er zerschmettert liegen blieb. Der Steig heißt seither „Bärensteig".

Quelle: Hifalan & Hafalan, Sagen aus dem Zillertal, Erich Hupfauf, Hall in Tirol, 2000, S. 59f.

Der Bär zeigt dem heiligen Magnus eine Erzader

St. Mang machte sich von Geltenstein, das ihm der Herzog Pipin für sein Münster überlassen hatte, wieder auf, denn er wollte abermals ein Einsiedler werden, und suchte eine heimliche Stätte zur Wohnung. Da kam er auf einen hohen Berg, namens Schwindling. Daselbst begegnete er vielen greulichen Bären, die sich ihm auf Anrufung des Namens Gottes allesamt wie zahme Hündlein zu Füßen legten. Nun waren aber die Leute dieser Gebirgsgegend über die Maßen arm und hatten nichts, womit sie sich ernähren konnten. Darüber erbarmte sich der liebe St. Mang gar sehr. Er warf sich eines Tages kreuzlings auf die Erde und bat den Herrn, dass er dem Volk des Landes etlichen Nutzen zeige, wovon sie ihre Nahrung hätten. Alsbald rührte ihn etwas am Fuße, und wie er aufsah, stand ein wilder Bär vor ihm und wies mit seiner Tatze auf einen Baum. Der Heilige ging mit dem Bären zur Stelle, und dieser riss den Baum samt den Wurzeln und allem aus der Erde. Da erblickte der Heilige im Loch eine große Menge des Erzes, aus dem man Eisen macht. Und er nahm ein Brot aus seinem Säckel, gab es dem Bären und sprach: „Da, iss dies Brot, das ich dir zum Danke gebe, aber tue zukünftig weder Menschen noch Tieren ein Leid an!"

Darauf ging St. Mang in seine Zelle heim und der Bär hinter ihm und verblieb bei ihm wie ein Haushündlein. Und der Heilige schickte seinen Diener aus, dass er das Volk des Landes zur Stätte weise, um das Erz zu heben und sich damit die Nahrung zu verdienen. Da begannen die Leute zu graben und fanden je länger desto mehr an derselben Stätte.

Quelle: Johann Adolf Heyl, Volkssagen, Bräuche und Meinungen aus Tirol, Brixen 1897, Nr. 3, S. 12

Der Lauterfresser und die Grödener Bärenjäger

Der gefürchtete Zaubermeister Lauterfresser aus der Brixner Gegend konnte sich beliebig in ein Tier verwandeln und stellte in solchem Zustand oft den größten Unfug an.

Einmal verwandelte er sich in einen großen Bären und begab sich auf die Raschötz-Alm, wo er eine Anzahl Rinder riss und auffraß. Das aber wollten die Grödner nicht länger zulassen, und so haben sich die Jäger aus dem ganzen Tal zusammengetan, um den Bären zu erlegen. Wie der Bär dies aber merkte, nahm er wieder seine menschliche Gestalt an und begab sich nach St. Ulrich hinab, wo er sich zu einem Trunk ins Wirtshaus setzte. Nachdem die Grödner den gefürchteten Bären den ganzen Tag lang nicht zu Gesicht bekommen hatten, blieb ihnen schließlich nichts anderes übrig, als unverrichteter Dinge wieder heimzukehren und für den nächsten Tag eine noch größere Treibjagd anzusetzen. Ehe sie aber heimzu gingen, kehrten sie in St. Ulrich noch in einem Gasthaus ein und bestellten sich dort eine üppige Knödelmahlzeit – und zwar in eben jenem Gasthaus, wo schon der Lauterfresser saß und auf sie wartete.

Als nun die Knödel hereinkamen, luden sie den Lauterfresser, den sie natürlich nicht kannten, ein, mit ihnen mitzuhalten, und der setzt sich lächelnd hinzu und aß wacker mit. Und sie diskutierten und erzählten ununterbrochen von dem Bären, und wie er ihnen zwar diesmal noch ausgekommen sei, sie ihn aber morgen gewiss fangen oder schießen würden. Einige wollten ihn gar auch selber gesehen haben und erzählten haarsträubende Geschichten davon.

Der Lauterfresser horchte ihren so gefährlichen Bärenabenteuern vergnügt zu, lachte sich dabei den Buckel voll an, wünschte ihnen endlich für den nächsten Tag viel Glück auf der Bärenjagd und ging zur Tür hinaus. In dem Augenblick kam der Pfarrer herein und sagte: „Mannder, wisst ihr, dass euer Bär mit euch Knödel g'össen hat?" – „Kruzitürken!" schrien sie und wollten dem Lauterfresser nach. Aber dieser war bei „Laub und Staub" verschwunden, und sie hatten zum Schaden auch noch den Spott.

Quelle: Johann Adolf Heyl, Volkssagen, Bräuche und Meinungen aus Tirol, Brixen 1897, S. 180

Der Bärenhansl

Eine arme Mutter wusste sich mit ihrem schwachen, armseligen Kind nicht zu helfen und zu raten. Da nahm sie es und trug es hinaus in den Wald zu einer Höhle, in der eine Bärin hauste, warf es hinein und empfahl es dem Schutz Gottes. Dann kehrte sie weinend heim. Die Bärin fühlte aber Mitleid mit dem kleinen Kind und hielt es wie ihre Jungen – und der Knabe erholte sich und wuchs heran. Anfangs strich er mit den Bären durch die Wälder, später aber verließ der Bursche die Wildnis und zog herab ins Tal. Er war so stark, dass er ein Schwert von 60 Kilogramm trug und dasselbe ritterlich führte. Auf seiner Wanderung kam er zu einem Kohlenbrenner, der die größten Bäume samt den Wurzeln aus der Erde riss, die Stämme mit den Händen zerstückelte und aus den so gemachten Prügeln Kohlen brannte. Als der Bärenhansl den starken Kohlenbrenner sah, sprach er zu ihm: „Kamerad, geh mit mir in die weite Welt, wir wollen dort gemeinsam unser Glück machen! Sieh, ich bin auch ein Mordskerl, und wir wollen uns ordentlich durchschlagen."

Der Kohlenbrenner ließ sich dies nicht zweimal sagen, schlug ein, und beide wanderten nun weiter. Auf dem Weg kamen sie zu einem Müller, der an einer Anhöhe stand und mit seinem Atem sieben Mühlen auf einmal trieb.

Dieser würde zu uns passen, dachte der Bärenhansl, ging auf den Müller zu und sprach: „Meister, Ihr seid ein tapferer Patron und zu etwas Besserem geboren, als hier Euren Atem zu verschwenden. Kommt, geht mit uns, und wir werden unser Glück in der Welt machen."

Dem Müller gefiel der Vorschlag nicht schlecht, und er ging mit ihnen.

Auf ihrem Weg kamen sie bald zu einem halbverfallenen Schloss, das unbewohnt war. Da beschlossen sie, einige Tage darin Rast zu halten und im nahen Wald zu jagen. Am ersten Tag ruhten alle drei aus und schliefen um die Wette. Am zweiten Tag zog der Bärenhansl mit dem Kohlenbrenner auf die Jagd, und der Müller musste im Schloss bleiben, um zu kochen. Als dieser aber bei seiner Arbeit am Herd stand, kamen aus dem Kamin Geister herab und prügelten den verlassenen Koch derartig durch, dass er halbtot auf dem Boden liegen blieb. Bald darauf kehrten die zwei Kameraden mit großer Beute und noch größerem Hunger von ihrer Jagd zurück und fanden kein Mittagsmahl bereitet.

„Verfluchter Kerl!" schrie der Bärenhansl, „was hast du gemacht? Wir haben Hunger, dass wir die Sterne am hellichten Tag sehen, und freuten uns auf deine Mahlzeit – und nun hast du uns so arg betrogen!"

Der Müller schämte sich, die Wahrheit zu sagen und sprach: „Als ihr fort ward, hatte ich solche Schmerzen, dass ich mich wie ein Wurm wand und nicht arbeiten konnte."

Sie stillten nun ihren Hunger mit kalten Speisen, legten sich dann zur Ruhe und schliefen die ganze Nacht tief und fest wie Murmeltiere. Am folgenden Morgen zog der Müller mit dem Bärenhansl auf die Jagd, und der Kohlenbrenner musste im Schloss bleiben, um das Essen zu bereiten. Ihm ging es aber nicht besser als dem Müller. Denn es kamen wieder die Geister aus dem Kamin herab und prügelten den Koch, dass er wie tot niederfiel. Als die zwei Jäger nach Hause kamen, fanden sie kein Mahl gestellt, und der Kohlenbrenner beteuerte hoch und fest, dass er vor Schmerzen nicht imstande gewesen war, etwas zu kochen. Dies kam dem Bärenhansl gar seltsam vor, und er dachte sich, morgen werde ich hierbleiben und dann werde ich der Sache auf den Grund kommen. Am dritten Morgen zogen der Müller und der Kohlenbrenner hinaus in den Forst, und der Bärenhansl ging in die Küche, um seine Arbeit zu verrichten. Er begann Knödel zu kochen, und als er sie in die Pfanne einkochte, fuhr plötzlich ein Geist aus dem Kamin herunter. Hansl aber kümmerte sich nicht darum und sprach: „Auch für diesen einen Knödel!" Gleich darauf kam ein zweiter Geist heruntergefahren, und Hansl sagte gleichgültig: „Auch für diesen einen Knödel!"

Als aber sogleich danach ein dritter Geist kam, wurde Hansl zornig, legte den Löffel beiseite, packte alle drei Geister und warf sie in einen Winkel, dass ihre Gebeine klapperten und sie sich nicht mehr zu rühren wagten. Dann ging er wieder an seine Arbeit und bereitete die Knödel, als ob gar nichts geschehen wäre. Als die beiden Jäger heimkehrten, lachte er sie aus und sagte: „Nun weiß ich, was eure Schmerzen zu bedeuten hatten. Seht, so kuriert man sie!" und wies auf die Geister, die noch schlotternd in der Ecke standen. Da hatten die zwei Gefährten eine noch größere Achtung vor dem Bärenhansl und seiner furchtbaren Stärke. Hansl trug ihnen aber nun die Knödel auf, und alle drei aßen, als ob sie Drescher wären. Neu gestärkt zogen sie dann weiter.

Nachdem sie lange durch den Wald gewandert waren, dachten sie daran, sich ein festes Hauswesen zu gründen und sich Frauen zu nehmen. Da war aber die Wahl schwer, denn die Mädchen, wie sie auf dieser Erde wachsen, schienen den starken Kerlen viel zu klein und zu schwach. Endlich kamen sie auf den Gedanken, sich Mädchen aus der Unterwelt heraufzuholen und diese zu heiraten. Gedacht, getan. Der Bärenhansl und der Müller ließen sich vom Kohlenbrenner in die Tiefe seilen, um für sich zwei Bräute zu suchen. Der Kohlenbrenner sollte dann den Müller und die zwei Mädchen heraufseilen und sich alsdann selbst hinunterseilen lassen, um sich in Begleitung des Bärenhansl auch eine Lebensgefährtin zu suchen. Die beiden Gesellen wanderten nun durch die Unterwelt, bis sie zwei baumstarke Mädchen fanden, die ihnen gefielen. Sie gingen dann zur Stelle, wo das Seil aus der Oberwelt herabhing. Es wurde nun das verabredete Zeichen gegeben, und der Kohlenbrenner zog zuerst die Mädchen und dann den Müller auf die Erde herauf. Als er aber die zwei Bräute sah, dachte sich der Kohlenbrenner: Ich nehme mir die Braut des Bärenhansl und lasse ihn drunten, denn käme ich in die Unterwelt hinab, so würde mich keine zum Mann nehmen, weil ich so schwarz bin. Er besann sich nicht lange, hieb den Strick ab, und dem Bärenhansl blieb nichts anderes übrig als zu warten. Endlich ging ihm die Geduld aus und er wanderte nun in der Unterwelt herum, um einen anderen Rückweg auf die Erde zu finden. Da begegnete ihm eine alte Frau, und diese fragte ihn, was er wolle. Darauf erwiderte er: „Ich habe mich hierher verirrt und suche nun seit langem einen Weg, der zur Oberwelt führt."

„Da kann ich dir leicht helfen", antwortete die Alte. „Ich will dich hinauftragen unter der Bedingung, dass du mir genug Fleisch zu essen gibst?" Der Bärenhansl war über diesen Vorschlag seelenfroh und sprach: „Fleisch sollst du haben, soviel du willst, nur trage mich bald hinauf, dass ich die liebe Sonne wieder sehe." Er ging nun auf die Jagd und jagte zwei Tage und zwei Nächte in einem fort und machte so viel Beute, dass man zwei Wagen hätte damit vollladen können. All das Wild schleppte er am dritten Tag zur Stelle hin, wo die Alte wartete. Diese begann aber zu essen und aß, bis sie satt war. Dann sprach sie: „Das Fleisch, das noch übrig ist, nimm mit auf die Reise, und nun sitz auf."

Der Hansl nahm das Fleisch, schwang sich auf den Rücken der Alten, und diese trug ihn empor, bis sie auf die Oberwelt kamen. Da stürzte das alte Weib pfeilschnell in die Tiefe, und Hansl hüpfte vor Freude hoch auf, als er wieder auf der Erde war. Er suchte nun den Kohlenbrenner, den er jedoch nirgends finden konnte. Dagegen traf er bald den Müller und die zwei unterirdischen Mädchen. Sie hielten nun zugleich ihre Hochzeit, bei der mehr gegessen wurde als sonst jemals bei einem Brautessen. Beide Paare bekamen viele Kinder, und diese alle waren Riesen; denn alle Riesen, die jemals auf Erden waren, stammten von diesen zwei Paaren ab.

Quelle: Kinder- und Hausmärchen aus Tirol. Gesammelt durch die Brüder Ignaz Vinc. und Josef Zingerle, herausgegeben von Ignaz Vinc. von Zingerle, Innsbruck 1911

Bäriges Happy End

Während sich der pubertierende Braunbär „JJ1" alias „Bruno" in den Wäldern zwischen Tirol und Bayern herumtrieb und schließlich – wie einst der Wildschütz Jennerwein – bei Schliersee sein Leben lassen musste, haben seine beiden Artgenossen „Martina" und „Fritz" im Innsbrucker Alpenzoo endlich ihre Gefühle füreinander entdeckt. Zwei Jahre lang hatte die Bärendame aus Deutschland ihren Gefährten zappeln lassen. Nun hoffen alle auf bärigen Nachwuchs.

Die aus dem Tierpark Suhl in Thüringen stammende „Martina", die 2004 nach Tirol kam, kämpfte zunächst mit großen Eingewöhnungsschwierigkeiten. Beide Bären konnten daher nicht gemeinsam ins Freigehege gelassen werden.

Martina und Fritz im Alpenzoo Innsbruck, 9. Juli 2006.

Zur Paarungszeit im Frühsommer 2006 wollte man im Alpenzoo aber nicht länger zuwarten. Anfangs zierte sich die 14 Jahre alte „Martina" zwar noch und hielt „Fritz" auf Abstand. Seit Mitte Juni 2006 ging es zwischen beiden aber ordentlich zur Sache.

Kaum aus seinem Bärenhaus heraußen, steuerte nun der immerhin schon 19-jährige „Fritz" – er ist bereits Vater dreier Bären – auf seine läufige Partnerin zu. Neugierigem Beschnuppern folgten Liebesbisse in Hals und Ohr, ehe „Fritz" stürmischer wurde und die willige Bärin – völlig unbeeindruckt von den Zuschauern – begrapschte, umklammerte und immer wieder von Neuem besprang. Männerbekanntschaften waren „Martina" übrigens bis zu ihrer Übersiedlung nach Innsbruck völlig fremd. Das Tier lebte ausschließlich mit Bärinnen zusammen. Wann es vielleicht einen kleinen „Bruno" abgibt, steht bei Drucklegung dieses Buches noch in den Sternen. Interessierte finden die Antwort auf das „bärige Happy End" bei einem Besuch im Alpenzoo Innsbruck…